_______________ 님께

____

____

____

_______________ 드림

작은 책
큰 생각

작은 책 큰 생각

1판 1쇄 인쇄 2015년 6월 13일
1판 1쇄 발행 2015년 6월 23일

지은이 김옥림
발행인 김주복
디자인 밥

발행처 서래
출판등록 2011.8.12. 제 35-2011-000038호
주소 서울시 동대문구 답십리 2동 한신아파트 2동 106호
대표전화 070-4086-4283, 010-8603-4283
팩스 02-989-3897
이메일 2010sr@naver.com

값 14,000원
ISBN 978-89-98588-05-2 03810

누구에게도 상처받지 않고,
참 좋은 인생으로 살아갈 수 있다면

작은 책 큰 생각

김옥림 엮음

서래books

프롤로그

한번 뿐인 인생 아름답게 살아가기

인생을 여러 번 살 수 있다면, 이렇게도 저렇게도 살아볼 수 있겠지만 아쉽게도 누구에게나 단 한 번밖에 주어지지 않는 게 인간의 삶이다. 이처럼 소중한 삶이고 보니 자신을 함부로 산다는 것은 스스로를 모독하는 어리석고 아둔한 일이 아닐 수 없다.

한번 뿐인 인생을 아름답게 살기 위해서는 나 자신을 위한 삶을 살되 나만의 삶이 아닌 누군가가 나를 필요로 하는 삶이 되어야 한다. 내가 아닌 사람들이 나를 통해 용기를 얻고, 꿈을 꾸고, 자신이 원하는 것을 이루고 행복할 수 있다면 얼마나 아름다운 인생인가. 그런 인생을 살아야 참 좋은 인생이라고 할 수 있다.

"남을 위해 일을 할 수 있었다는 것은 어린 시절부터 나의 최대의 행복이었으며 즐거움이었다."

고전주의의 대표적인 음악가인 루투비히 판 베토벤Ludwig van Beethoven 이 한 말로 그는 자신의 음악을 통해 많은 사람에게 행복을 심어주었다. 이런 그의 실천적인 삶은 음악가에겐 생명과도 같은 청력을 잃고도 수많은 명곡을 남길 수 있게 했다.

인류역사상 최고의 부자로 평가받는 앤드루 카네기는 자신이 이룬 성공을 수많은 사람들의 공으로 돌렸다. 불특정 다수인 사람들이 자신을 도와주었다고 그는 생각했던 것이다. 그래서 그는 자신이 번 돈을 사회를 위해 아낌없이 내놓았다. 그리고 자신의 성공비법을 기자였던 나폴레온 힐Napoleon Hill을 통해 많은 사람들에게 전했다. 평범한 기자였던 나폴레온 힐은 카네기가 전해준 풍부한 경험을 체계적으로 정리하여 《생각하라, 그러면 부자가 되리라》라는 책을 써서 베스트셀러 작가가 되었으며 그와 더불어 유명한 자기계발전문가가 되었다.

"너 자신을 누군가에게 필요한 존재로 만들어라"

이는 미국의 사상가이자 시인인 랠프 월도 에머슨Ralph Waldo Emerson의 말로 자신만이 아닌 누군가에게 필요한 존재가 되는 것이야말로 참으로 아름다운 인생이라고 할 수 있다.

세계적으로 성공적인 삶을 살았던 사람들의 여러 공통점에 중에 하나는 바로 자신을 돕듯 남을 도왔다는 것이다. 이런 관점에서 볼 때 에머슨의 말은 매우 설득력을 갖는다고 하겠다.

아름다운 인생으로 살아갈 것이냐 아니냐는 자신의 선택에 달렸다. 이 책은 아름다운 인생으로 살아가는 데 도움을 주기 위해 썼음을 밝힌다. 하지만 아무리 좋은 글이나 조언도 자신이 읽고 실행하지 않으면 무용지물에 지나지 않는다. 이 책을 대하는 모든 분은 참 좋은 인생이 되어 한 번 뿐인 인생을 값지고 멋지게 살아가길 소망한다.

김 옥 림

Contents

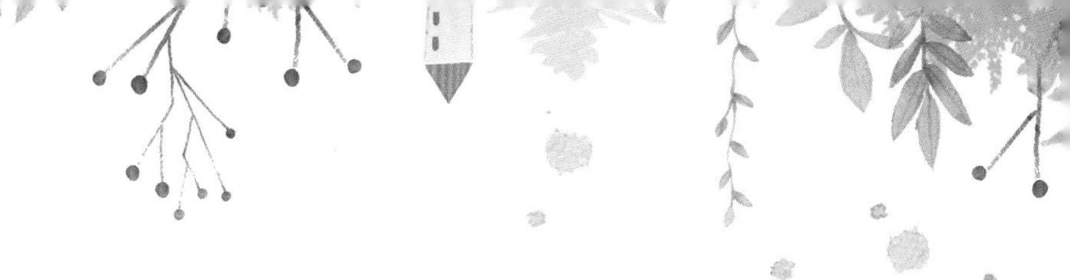

|CHAPTER 2|

인생은 자신이 살아내는 긴 여행이다

|CHAPTER 3|

생이 깊어질수록 우리가 해야 할 것들

|CHAPTER 4|

세상에 모든 것들은 하나로 이어져 있다

|CHAPTER 5|

지금 하는 내 생각이 새로운 나의 삶을 만든다

CHAPTER 1

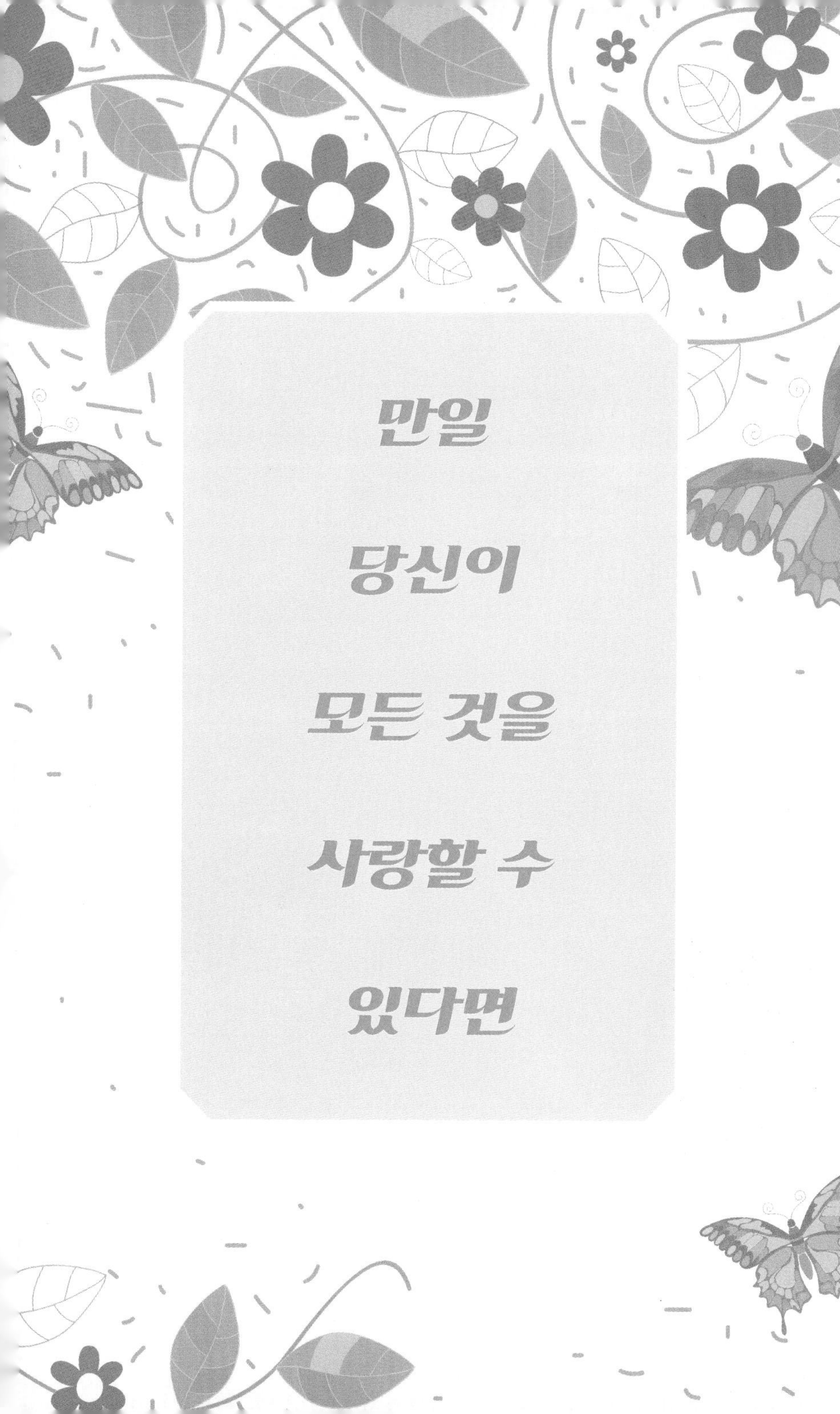

만일 당신이 모든 것을 사랑할 수 있다면

다른 사람과
행복을 공유하는 삶

아름다운 입술을
갖고 싶으면 친절한 말을 하라.
사랑스런 눈을 갖고 싶으면
사람들에게서 좋은 점을 보아라.
날씬한 몸매를 갖고 싶으면
너의 음식을 배고픈 사람과 나누어라.
아름다운 머리카락을 갖고 싶으면
하루에 한 번 어린이가 손가락으로
너의 머리를 쓰다듬게 하라.
아름다운 자세를 갖고 싶다면
결코 너 혼자 걷고 있지 않음을 명심하라.
사람들은 상처로부터 복구되어야 하며,
낡은 것으로부터 새로워져야 하고,
병으로부터 회복되어져야 하고,
무지함으로부터 교화되어야 하며,
고통으로부터 구원받고 또 구원받아야 한다.

결코, 누구도 버려서는 안 된다.

기억하라. 만약 도움의 손이 필요하다면

너의 팔 끝에 있는 손을 이용하면 된다.

네가 더 나이가 들면

손이 두 개라는 걸 발견하게 된다.

한 손은 너 자신을 돕는 손이고,

다른 한 손은 다른 사람을 돕는 손이다.

★오드리 헵번

세기를 대표하는 미모뿐만 아니라

진정한 내면의 모습과 배려와 사랑을 담아 실천에 옮긴

아름다운 그녀 오드리 헵번.

손안에 들어온 것만을 사랑하는 것이 아니라

사랑을 필요로 하는 사람들까지 사랑으로 끌어안는 삶을 실천한

그녀는 여자의 아름다움은 얼굴에서가 아닌

내면에서 나오는 것임을 보여준다.

자신만을 위한 행복이 울타리의 행복이라면,

다른 사람과 함께 공유하는 행복은 무한광대無限廣大한

우주의 행복이다.

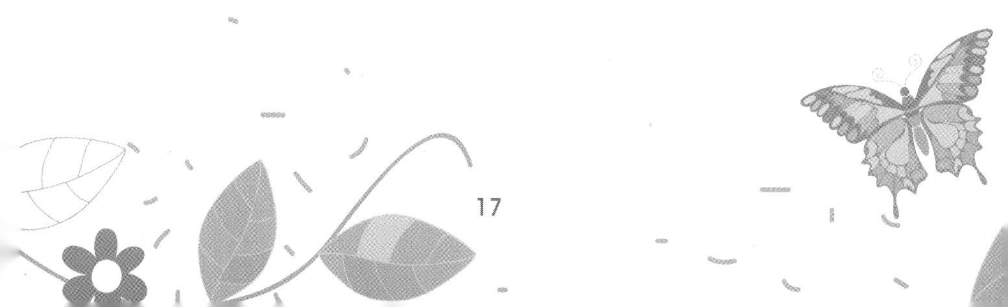

하나에서,
하나로부터 시작하라

나의 임무가 대중을 돌보는 것이라고
생각해 본 적은 전혀 없답니다.
난 한 개인을 돌보고 있습니다.
난 한번에 한 사람밖에 사랑할 줄 모릅니다.
난 한번에 한 사람밖에 거둘 줄 모릅니다.
단 한 사람, 한 사람, 한 사람……
당신도 내가 하듯 그렇게 한번 시작해 보세요.
난 단 한 사람만 인도합니다.
그렇지 않았다면
사만이천 명의 사람을 인도하지 못했을 거예요.
내가 한 모든 일은 바다에
물 한 방울을 보탠 것에 지나지 않아요.

그렇지만 내가 물 한 방울을 보태지 않는다면

바다는 물 한 방울이 줄어 있겠죠.

당신 자신, 당신의 가정,

당신이 다니는 교회도 마찬가지입니다.

단 하나, 하나에서 시작하세요.

★마더 테레사

세상의 존재하는 모든 것들은

지극히 작은 것 하나가 모여 이룬 결과물이다.

물 한 방울이 모여 내를 이루고, 내가 모여 강을 이루고,

세상의 모든 강은 바다로 흘러 비로소 하나가 된다.

작은 불꽃 하나씩 모여 큰불을 일으키고,

아장아장 걷는 작은 걸음이 결국 큰 걸음으로 도약하는

인생의 긴 여정을 볼 수 있다.

하나가 마침내 전부인 것이다.

풍요로운 나를 위한
참 좋은 인생

잘 쑤어진 메주콩처럼
푹 익어서 사람 냄새 폴폴 나는
삶이 되어야 한다.

그래서 누군가의
허전한 빈 가슴을 채워주고,
잘 뜬 청국장처럼
누군가의 상처 입은 마음을
보듬어 안을 수 있는
사람 향기 그윽한 삶이어야 한다.

우리는 저마다의 길에서
저마다의 이름과 빛깔과 소리로
저마다 꿈꾸는 그곳을 향해 나아간다.

그 길을 가다 보면 뜻하지 않는 일로
어쩌지 못하고 난감해 할 때
가만가만 손잡아 이끄는
김치처럼 잘 익은 맛있는 삶이어야 한다.

그 누구에게라도 편견 두지 않고,
따뜻한 눈길을 건네고
미소 지으며 성큼성큼 다가가
가슴으로 품어 줄 수 있는 삶이어야 한다.

★김옥림

세상을 사는 동안

풍요로운 인생이 되고 싶다면

누군가에게 의미 있는 인생이 되어야한다.

자신이 행한 모든 것들이

자신에게 빛이 되어야 한다.

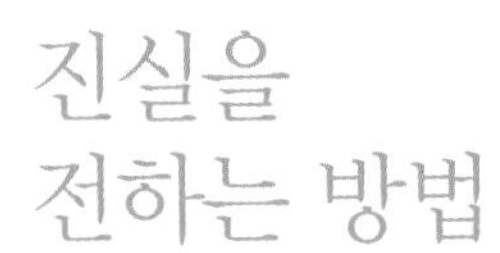

진실을 전하는 방법

진실을 전하기 위해서는
두 사람이 필요하다.
하나는 그것을 말하는 사람이며,
또 하나는 그것을 듣는 사람이다.

진실을 전하는 유일한 방법은
사랑을 담아 말하는 것이다.
사랑이 담겨 있는 말만이 호소력을 가진다.
명분만을 앞세운 말은
사람을 불편하게 한다.

★헨리 데이비드 소로

사랑은 그 어떤 순간에도 진실을 벗어나지 않는다.
간절한 사랑이 담긴 말은 마음을 따뜻하게 하고,
아낌없이 주고자 하는 사랑의 눈빛은 차가운 가슴을 녹인다.
진정한 사랑이 담긴 말과 행동은 진실에 이르는 최고의 방법이며,
사람을 변화시키고 세상을 바꾸는 힘이 있다.

유쾌하게 사는
행복하고
아름다운 지혜

참고 견디는 것이 아니라
자진해서 하는 것
이것이 유쾌한 것의 본질이다.
그러나 사탕이나 과자는 입속에서
녹이기만 하면 맛이 있듯이 많은 사람들은
그것과 마찬가지 방법으로
행복을 맛보려다 실패했다.

음악은 듣기만 하고
스스로 노래하지 않으면 별로 재미가 없다.
그래서 어떤 사람들은 음악이 귀가 아닌
목청으로 맛보는 것이라고 말했다.
아름다운 그림도 그 즐거움은
제 손으로 색칠한다든가
수집을 하지 않으면 그다지 재미를 모른다.
때문에 인간의 행복은
그저 탐구하고 정복하는 데 있다.

★아리스토텔레스

참고 견디며 사는 삶이 아니라,

기꺼이 즐겁게 사는 삶이 되도록 하라.

억지로 하는 일은 그 무엇이라 할지라도 즐겁지 않다.

스스로 자진해서 하는 일이야말로

즐거움을 준다.

세상은 재발견할 것들로 가득 차 있다.

행동하기 전에 먼저 생각하고 생각하라

좋은 음식이라도

소금으로 간을 맞추지 않으면

그 맛을 잃고 만다.

모든 행동도

음식과 같이 간을 맞춰야 한다.

음식을 먹기 전에 간을 먼저 보듯이

행동을 시작하기 전에 먼저 생각해야 한다.

생각은 인생의 소금이다.

★에드워드 조지 얼리 리튼

무슨 일을 할 때 심사숙고하면 실수가 적은 법이다.

백번의 생각은 한 번의 실수를 막아주지만,

그 한 번의 실수가 우리에게 중요한 일이라면

인생을 바꿔 놓기에 충분하다.

무엇을 할 땐 생각에 생각을 거듭한 끝에 시작해도 늦지 않다.

생각을 충분히 한 만큼 속도를 내면 되기 때문이다.

그러면 신중한 사람이 될 뿐 아니라

상대에게 상처를 주는 일도 없을 것이다.

만일 당신이 모든 것을 사랑할 수 있다면

모든 잎사귀를 사랑하라.

모든 동물과 풀들 모든 것을 사랑하라.

당신 앞에

떨어지는 빛줄기 하나까지도.

만일 당신이 모든 것을

사랑할 수 있다면

모든 것 속에

담긴 신비를 보게 되리라.

만일 당신이
모든 것 속에 담긴 신비를 본다면
날마다 더 많이
모든 것을 이해하리라.

그리고 마침내는
모든 것을 받아들이고
당신 자신과
세상 전체를 사랑하게 되리라.

★도스토옙스키

세상에 존재하는 모든 것들을 사랑한다는 것은

태산을 옮기기보다 어렵다.

하지만 신비함을 보게 되는 것도,

모든 것을 이해하게 되는 것도,

모든 것을 받아들이는 것도 사랑을 통해 이루어진다.

이처럼 세상을 이기는 힘은 결국 사랑에서 나온다.

사랑은 그
사랑만으로도 충분한 것

사랑이 그대를 부를 때엔 그를 따르라.
비록 그 길이 험하고 가파를지라도.

사랑의 날개가 그대를 품어 안을 때엔
그에게 온몸을 내맡겨라.
비록 그 날개 안에
숨은 칼이 그대에게 상처를 줄지라도.

사랑이 그대에게 말할 때엔 그를 믿으라.
비록 폭풍이 정원을 폐허로 만들듯이
사랑의 목소리가 그대의 꿈을 흩트려 놓을지라도.

사랑은 사랑 외엔 아무것도 주지 않으며
사랑 외엔 아무것도 바라지 않는 것,
사랑은 소유하지도 소유 당할 수도 없는 것.
사랑은 사랑만으로도 충분한 것.

★칼릴지브란

사랑은 그 무엇보다도 우선시되는 것이어야 하고,
독점적이어야 하고, 구체적인 것이어야 하고,
대체 불가능한 것이다.
사랑은 그 자체가 목적이어야 한다.
사랑할 땐 그 사람의 사랑만을 보라.
그가 당신을 얼마나 사랑하는지 그것만 보라.
그리고 그가 당신에게 하듯 당신 또한 그렇게 하라.

진실도 때로는 상처가 될 수 있다

진실도 때로는

우리에게 상처가 될 수도 있다.

하지만 그것은

머지않아 치료를 받을 수 있는

가벼운 상처이다.

★앙드레 지드

진실도 상황에 따라 아픔을 주고

상처가 되기도 한다.

하지만 진실은 변하지 않는다.

그것은 이내 진실로써 모두에게 진실이 된다.

만족을 얻는 지혜로운 방법

사람은 누구나 만족스러운 삶을 꿈꾼다.
어떻게 하면 만족스러운 삶을 살 수 있을까.
만족을 얻는 방법은 여러 가지다.
자신이 원하는 대로 다른 사람을 조종할 수도 있고,
물질적인 것으로 삶을 채울 수도 있다.
하지만 그것은 주위의 한시적 부러움만 살 뿐
진정으로 의미 있고, 즐거운 인생이 되지 않는다.
그렇다면 진정한 내면의 만족과
기쁨을 얻을 수 있는 방법을 찾아보자.
오래전부터 내려오는 현인들의 격언을 보면
남을 섬기는 삶 속에서 참된 기쁨과 행복을

찾을 수 있다는 공통적인 메시지를 발견할 수 있다.

다른 사람들에게 인정받거나

감사의 말을 듣기 위한 겉치레가 아니라

마음에서 우러나와 다른 사람을 섬겼을 때

진정한 기쁨을 느낄 수 있다는 것이다.

진심으로 사랑을 실천할 수 있는 방법을 찾아라.

크고 거창할 필요는 없다.

작은 것부터 시작하고 그 행동이

당신의 인생을 어떻게 변화시키는지 지켜보라.

★바바라 골든

누구나 100% 만족하는 삶을 살기란 어렵지만,

그 삶을 위해 가장 중요한 것은

자기 스스로의 "마음가짐"이 바탕이 되는 것이다.

세상 속에 내가 존재하는 역할과 책임을 다하고,

도움의 손길이 필요한 이들에게

마음을 다해 사랑을 전한다면

그것을 통해 인생의 참뜻을 알게 될 것이다.

사람을 가르치는 교육

생각할 시간을 가지라.
기도할 시간을 가지라.
웃는 시간을 가지라.

그것은 힘의 원천이다.
그것은 세상에서 가장 큰 힘이다.
그것은 영혼의 음악이다.

놀 시간을 가지라.
사랑하고 사랑받는 시간을 가지라.
남에게 주는 시간을 가지라.

그것은 영원한 젊음의 비밀이다.
그것은 하느님께서 주신 특권이다.

이기적이 되기에는 하루가 너무 짧다.
독서할 시간을 가지라.
다정하게 될 시간을 가지라.
일할 시간을 가지라.

그것은 지혜의 원천이다.
그것은 행복에 이르는 길이다.
그것은 성공의 대가다.

자선할 시간을 가지라.
그것은 하느님 나라에 이르는 길이다.

★인도 콜커타의 어린이집 표지판

참다운 교육은 인간다움을 가르치는 교육이다.

난사람이 아닌 된 사람을,

목표나 결과가 아닌 과정을 중요하게 생각하는 교육,

사람을 세우는 교육이 진짜 교육이다.

그런데 현대화된 문명사회에서의 교육은

온갖 경쟁을 부추기고, 남을 꺾어 트리는

잔재주만 가르친다.

이것은 모두를 불행하게 하는 길이다.

사랑하고 사랑 받도록 가르치는 교육,

그것이 진짜 교육이다.

마지막에 깨닫게 되는 것들

마지막 남은 나무가

베어진 뒤에야,

마지막 남은 강물이

오염된 뒤에야,

마지막 남은 물고기가

붙잡힌 뒤에야,

그제야 그대들은 깨닫게 되리라.

사람은 돈을 먹고

살 수 없다는 사실을.

★크리족 인디언 예언자

인간의 어리석음은 지금이란 순간이

영원히 이어질 거라고 믿는 것이다.

그러나 마지막이 되어서야

그게 아니라는 걸 깨닫고는가슴을 친다.

우리에게 지금 필요한 것은

내려놓고 바라볼 줄 아는 지혜이다.

욕심을 버리고 세상과 어울린다면

세상은 늘 부족한 것을 채워줄 것이다.

타인으로부터 배우는 경험은 소중하다

아무리 독창적인 것을 꿈꾸더라도
언제나 똑같은 꿈을 그보다 먼저
꿨던 사람들이 있다.
그리고 그들이 남긴 자취는
산을 오르는 사람들의 발걸음을 가볍게 해 준다.
적절한 자리에 설치된 밧줄이나
사람들의 발자국으로 다져진 오솔길,
길을 가로막는 나뭇가지들을 쳐내고
앞서간 사람들의 흔적 덕분에 산에 오르는 길은
한결 수월해진다.

산을 오르는 사람들은 우리 자신이며,
그 경험에 대한 책임을 지는 것 역시 우리 자신이다.
따라서 언제나 우리는 타인의 경험으로부터
도움을 받는다는 것을 잊지 말아야 한다.

★파울로 코엘료

타인의 재난에서 일지라도 지혜를 배우라는 말이 있다.

타인은 자신을 비추는 거울이다.

타인에게서 자신에게 유익이 될 수 있는 것은 다 배워라.

그것이 비록 고난과 상처일지라도.

타인의 경험은 자신에게 훌륭한 삶의 지표가 된다.

우리가 알아야 할 원대한 희망

행복과 불행은

사람의 마음 가운데 살고 있다.

그러므로 인생을 짧게 보는 사람에겐

행복은 허무하고

불행은 오래가지만,

원대한 희망을 품은 사람에겐

행복은 오래가고 불행은 짧다.

★게오르규

행복과 불행은 스스로가 어떻게 마음을 먹고
어떤 쪽을 선택하느냐에 따라 다가온다.
그리고 선택하는 만큼 행복해질 수 있다.
행복에 있어서 가장 중요한 것은
자기 스스로 행복하다고 느끼고 노력하는 것이다.
행복은 그런 사람에게 꿈을 주고 희망을 준다.
이런 이유로 희망을 품은 사람의 행복은 길고
불행은 짧은 것이다.

인생의 유능한 선장이 되는 비결

좋은 선장은 육지에 앉아서 될 수 없다.
바다에 나가 거친 폭풍을 만난 경험이
유능한 선장을 만든다.
격전의 들판에 나서야
비로소 전쟁의 힘을 이해할 수 있다.
사람의 참된 용기는 인생의 가장 곤란한
또는 가장 위험한
위치에 섰을 때 비로소 나타난다.

★다니엘

신념을 지니는 데는 용기가 필요하다.

용기란 위험을 감수할 수 있는 능력을 말한다.

인생을 잘 살아가고 싶다면 고난과 어려움까지를

받아들일 수 있어야 한다.

먼 곳을 향해 가는 배가 고요하게만 갈 수 없듯이

두려워하지 말고 마음으로 다스리며 전진해야 한다.

고난과 시련을 통해 삶의 의지와 용기, 지혜가 길러진다.

그것은 인생이라는 항해에서 성공할 수 있도록

당신을 '훌륭한 선장'으로 만들어 줄 것이다.

나중을 위해 지성을 갖춰라

젊을 때 쌓은 지성은

노년기의 악을

미리 예방하는 것과 같다.

만일 당신이 지성을 갖추는 것이

노년기를 위한 양식을 미리

준비해 두는 것으로 이해한다면

당신이 늙었을 때

영양 결핍이 되지 않기 위해서

당신은 젊었을 때

미리 대비하고 준비해야 한다.

★레오나르도 다빈치

독서가 정신에 미치는 효과는
운동이 신체에 미치는 효과와 같다는 말이 있다.
건강을 위해서 운동을 하듯,
지성을 갖추기 위해서는 다양한 독서가 필요하다.
다변화된 사회에서 자신이 원하는 것을 얻기 위해서는
다양한 분야의 독서는 필수요소와 같다.
시시각각 변화하는 삶의 내일을 주도하는 것은
다양한 독서에서 오는 지성의 힘이기 때문이다.

욕망으로부터 벗어나야 하는 이유

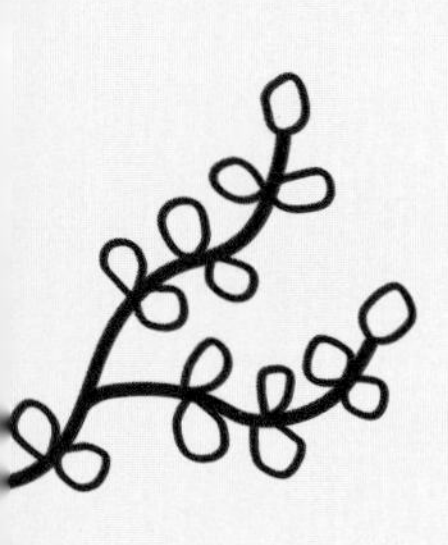

사람들이 그처럼 매혹되어 있는 모든 것,

그리고 그것을 얻기 위해서 그처럼 골몰하고 있는 것,

그러한 것은 아무런 행복도 가져다주지 않는다.

사람들은 골몰하고 있는 동안에는 갈망하는 것 속에

자신들의 행복이 들어있다고 생각하지만,

그것이 손에 들어오자마자 다시 안절부절못하고

아직 손에 넣지 못한 것을 바라며

남들이 가진 것을 부러워한다.

마음의 평화는 헛된 욕망의 충족 때문에 생기는 것이 아니라,

반대로 그 같은 욕망을 버림으로써 얻어지는 것이다.

그것이 진실이라는 것을 확인하고 싶다면,

그러한 헛된 욕망을 만족시키기 위해 당신이

오늘까지 쏟아온 노력의 반이라도 좋으니,

그러한 욕망으로부터 자기 자신을 해방시키는데 힘써 보라.

그러면 당신은 곧 그렇게 함으로써 훨씬 더 많은

평화와 행복을 얻을 수 있다는 것을 발견할 것이다.

★에픽테토스

욕망을 채우기 위해 어떤 일을 한다면,

결국 행복과는 멀어지게 될 것이다.

욕망은 우리가 가진 가치 있는 능력을

발휘 못 하게 할 뿐 아니라,

행복이 가진 순수함을 볼 수 없게 만들기 때문이다.

'욕망은 처음에 문을 열어달라고 간청하다가

어느덧 손님이 되고 곧 마음의 주인이 된다.'는

말이 있다. 마음의 평안과 행복은

욕망을 마음속에서 버림으로써 얻어지는 것이다.

타인에게 관대하고 자신에게는 엄중하라

현자는 자기 자신에게 엄격하지만
남들한테는 아무것도 요구하지 않는다.
그는 언제나 자신의 처지에 만족하며
자신의 운명에 대해 하늘을 원망하거나
남들을 비난하지 않는다.
그는 낮은 자리에 있으면서 운명에 순종한다.
그러나 어리석은 자는 지상에서 행복을 찾으려다
종종 위험에 빠진다.
활이 과녁을 맞히지 못하면
궁수는 자신을 탓하지 남을 탓하지 않는다.
현자도 그처럼 처신한다.

★공자

군자가 아니더라도 현명한 생각을 하는 자라면,

누구의 잘못을 꾸짖고 욕하게 될 때

먼저 자신을 돌아다본다.

타인에게 관대할수록 사람들로부터 존경의 대상이 된다.

또한, 자신에게 엄중할수록 자신을 함부로 하지 않는다.

자기 자신에게 엄격해야 되고

타인에게 오히려 관대해야

진정으로 지와 덕을 고루 갖춘 현자가 아닌가.

아무것도
보지 못하는 질투의 눈

질투는

천 개의 눈을 가지고 있다.

그러나

어느 한 가지도

올바르게 보지 못한다.

★탈무드

질투는 이성을 흐리게 하는 연기와 같다.

연기가 자욱하면 앞에 무엇이 있는지 볼 수 없듯,

질투는 이성을 무너뜨릴 뿐

하등에 어느 것에도 도움이 되지 않는다.

가장 자기감정을 파괴하는 것이 질투심이다.

스스로 고통스럽고 쓸데없는 곳에

에너지를 소모해 실수하게 되고

결국 자신의 운과 기회를 망치게 된다.

꽃은 자신이 아름답다 하지 않는다

꽃은
자기가 아름답다고
결코 말하지 않습니다.

꽃은
자기를 보아주지 않아도
결코 슬퍼하거나
분노하지 않습니다.

꽃은

자기에게

향기로운 가슴이 있다고

결코 내보이지도 않습니다

꽃은

있는 그대로의 모습으로

즐거움을 주고

기쁨이 되고

사랑이 됩니다

꽃이 아름다운 이유는

꽃은

꽃 그 이상도 그 이하도

결코 바라지 않기 때문입니다

★김옥림

사람들이 꽃을 좋아하는 것은

사람들을 기분 좋게 하는 향기 때문이다.

또한, 사람들의 눈을 즐겁게 하는

갖가지 색깔의 꽃잎 때문이다.

이렇듯 꽃은 사람들이 자신을 좋아하게 만든다.

사람 또한 꽃처럼 자신을 좋아하게 하기 위해서는

사람의 향기를 풍겨야 한다.

사람답게 사는 것 그것이 사람의 향기이다.

큰 불행을 작게 만드는 현명한 사람

행복과 불행은

크기가

미리부터 정해져 있는 것은 아니다.

다만 그것을 받아들이는

사람의 마음에 따라서

작은 것도 커지고

큰 것도 작아질 수 있는 것이다.

가장 현명한 사람은

큰 불행도 작게 처리해 버린다.

어리석은 사람은

조그만 불행을

현미경으로 확대해서

스스로 큰 고민에 빠진다.

★R. 로시푸코

어느 누구에게나 행복한 시간만큼 불행한 시간이,

불행한 시간만큼 행복한 시간이 찾아온다.

하지만 같은 크기의 행복과 불행이라도

받아들이는 사람에 따라

행복해 하는 사람과 불행해 하는 사람이 있다.

행복할 수 있는 일에 행복해 하지 않거나,

불행하지 않아도 될 일에 불행해 하는

어리석음을 범하지 않았으면 한다.

당신의 생각은 당신의 인생을

최선 또는 최악으로 돌려놓는다.

행복한 사람,
불행한 사람

인생은

행복한 사람에게는

짧고,

불행한 사람에게는

지루하다.

★그리스 격언

행복한 사람에게 인생이 짧게 느껴지는 것은

행복은 아무리 더해도 부족하다고 생각되기 때문이다.

'행복한 사람은 시계를 보지 않는다.'는 말 역시

행복하여서 삶이 지루하지 않다는 것이다.

행복한 마음은 즐거워 시간이 금방 지나가지만,

불행한 마음은 지루해 시간이 느릿느릿 지나가는 것이다.

눈앞에 대면한 일을 행복한 시간으로 바꾸는 일.

자신만이 할 수 있다.

늘 마음을 닦고 가꾸어야 한다

거울에 먼지가 끼면
잘 보이지 않는다.
사흘 책을 읽지 않으면
마음에 녹이 슨다는 말도 있다.
닦지 않고 버려두면
모든 것은 흐려지고 만다.
한 번 이발했다고
언제까지나 말쑥하지는 않다.

머리와 수염은 다시 자란다.
늘 마음을 닦고 가꾸지 않으면
맑고 올바른 행동을
보전하지 못하게 될 것이다.

★동양 명언

많은 것을 보고 겪으며 살다 보면
마음에 때가 끼기 마련이다.
이때 마음의 때를 적절히 벗겨내지 않으면
병에 걸리고 만다.
사람들은 몸은 열심히 씻지만,
정작 씻어야 할 마음은 씻지 않는다.
마음이 병들면 의욕이 떨어지고,
나태해지고, 분별력도 흐려진다.
바르게 행동하고 살아가기 위해서는
늘 마음을 닦고 가꾸어야 한다.
올바른 말과 행동은 마음을 단련하는 데서 오는 것이다.

우리에게
인생이란 무엇인가

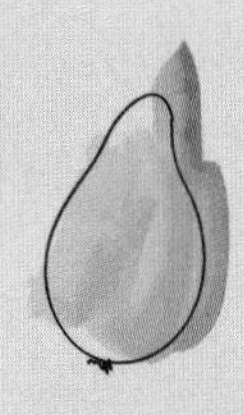

인생이란 단지 기쁨도 아니고 슬픔도 아니며
그 두 가지를 지향하고
종합해 나가는 과정에서
파악되어야 할 것이다.
커다란 기쁨도 커다란 슬픔을 불러올 것이며
또 깊은 슬픔은 깊은 기쁨으로 통하고 있다.
자기의 할 일을 발견하고
자기가 하는 일에
신념을 지닌 자는 행복하다.
돈 있는 자는 자진하여 돈의 노예가 될 뿐이다.
사람의 가치는 물론 진리를 척도로 하지만,
그러나 그가 가지고 있는 진리보다는
그 진리를 찾기 위해서 맛본
고난에 의하여 개선되어야 한다.

★토머스 칼라일

인생이란 자체는

괴로움도 아니고 즐거움도 아니며,

선도 아니고 악도 아니다.

어떻게 사느냐에 따라서 구별이 생기는 것이다.

기쁨만 있으면 슬픔을 모르고,

슬픔만 있으면 기쁨을 모른다.

인생이란 기쁨과 슬픔을 통해

행복한 내가 되는 것이다.

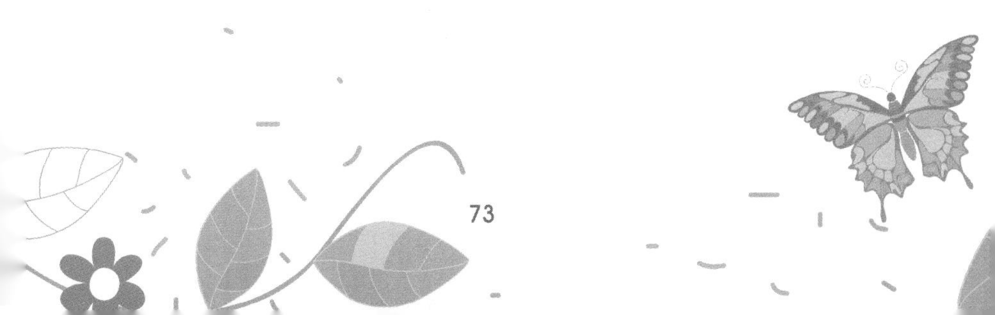

CHAPTER

2

인생은

자신이

살아내는

긴

여행이다

내 인생의 주인공이 되어라

삶의

주인공이 되어라.

영원히 이어지는

눈길 위에 발자국을 남겨라.

칠흑 같은 어둠이

장막을 뚫고

환한 밝음으로 가는

길을 개척하라.

★파크 벤저민

하루하루의 생활은

끊임없는 해야 할 일의 연속이다.

이렇게 많은 일 중에서 매우 중요한 것은

어떤 일을 해야 하느냐의 선택이다.

다만 내가 해야 하는 일에 의미를 부여하고

정확히 해야 하는 마음이 필요하다.

내 삶 속에서 이루어지는 일들이

결국 내 인생을 만들기 때문이다.

주인은 결정을 내릴 수 있지만,

하인은 주인이 내린 결정을 실행할 뿐이다.

내 인생의 주인이 되라.

하나님이 나에게 주는 무한한 선물

: 기탄잘리 1

님은 나를 언제나 새롭게 하시니,

여기에 님의 기쁨이 있습니다.

빈약한 이 그릇을 님은 비우고 또 비우시며,
언제나 신선한 생명으로 채우고 또 채우십니다.

언덕 넘어 골짜기 넘어 님이 가지고 다니는
이 작은 갈대피리는 님의 숨결을 받아
영원히 새로운 가락을 울려 왔습니다.

님의 불멸의 손길에 내 작은 마음은 기쁨에 젖어
그 한계를 잊고,
표현 불가능한 것들을 말로 바꾸어 놓기도 합니다.

님이 나에게 주는 무한한 선물은
오로지 아주 작은 이 두 손으로만 옵니다.

세월이 흘러도 여전히 님은 나를 채워주지만,
나에게는 아직 채울 자리가 남아 있습니다.

★타고르

동양 최초의 노벨문학상 수상시인인 타고르.

그의 시에 대해 예이츠는 "흙먼지가 눈에 띄지 않도록

적갈색 옷을 걸치고 있는 나그네"라고 평하였다.

이는 타고르의 시가 갖는 소박함과 은은함을 잘 말해주고 있다.

시의 소박한 정신과 숭고하고 조화로운 삶을

바라보는 자세를 인지한다면

깊은 감동을 받을 수 있다.

내 주인이신 당신은 나의 친구입니다

: 기탄잘리 2

당신이 내게 노래를 부르라 하실 때
내 가슴은 자랑스러움으로 터질 것 같고
나는 당신의 얼굴을 올려다보며 눈물을 흘립니다.

내 생명 속 거칠고 어긋난 모든 것들이
한 줄기 감미로운 화음으로 녹아들고
나의 찬양은 바다를 나는
즐거운 새처럼 날개를 펼쳐 퍼덕입니다.

당신이 내 노래에
즐거움을 얻는다는 걸 나는 압니다.
오직 노래를 부르는 사람으로
내가 당신 앞에 나아감을 나는 압니다.

활짝 핀 내 노래의 날개 끝으로

나는 감히 닿을 수 없는 당신의 발을 어루만집니다.

노래 부르는 즐거움에 젖어

나는 넋을 잃고

내 주인이신 당신을 친구라 부릅니다.

★타고르

믿음을 갖는다는 것은 중요하다.

힘들고 어려울 때, 시련과 고통이 따를 때

믿음을 갖는다는 것은 중요하다.

타고르의 시는 나이가 들어 깊이를 얼마만큼 알 때

더욱 그 의미를 이해하게 된다.

그럼으로써 삶을 더욱 깊이 있게 관조하고

신과 나 사이의 간격을 좁힐 수 있게 됨으로써

더 자신의 삶을 통찰할 수 있다.

희망으로 가득 찬
사람과 교류하라

희망으로 가득 찬

사람과 교류하라.

창조적이고

낙관적인 사람과 소통하라.

긍정적이고 능동적으로 행동하라.

그리고 그런 사람을

자신의 주변에 배치하라.

★노만 V. 피일

근묵자흑近墨者黑 근주자적近住紫的이라는 말이 있다.

검은 것에 가까이하면 검게 되고,

붉은 것에 가까이하면 붉게 된다는 말이다.

이처럼 사람은 누구를 가까이하느냐에 따라

많은 영향을 받는다.

나의 주변에 바른 생각과 열정이 넘치는 사람이 많으면

나 또한 기분이 좋아지고 힘이 나게 된다.

나의 꿈과 희망을 격려해주고 응원해 주는

긍정적인 사람과 함께 할 때 내 꿈은 힘을 받고

희망차게 살아가게 되는 것이다.

모든 사람에게 도움을 주는 소망

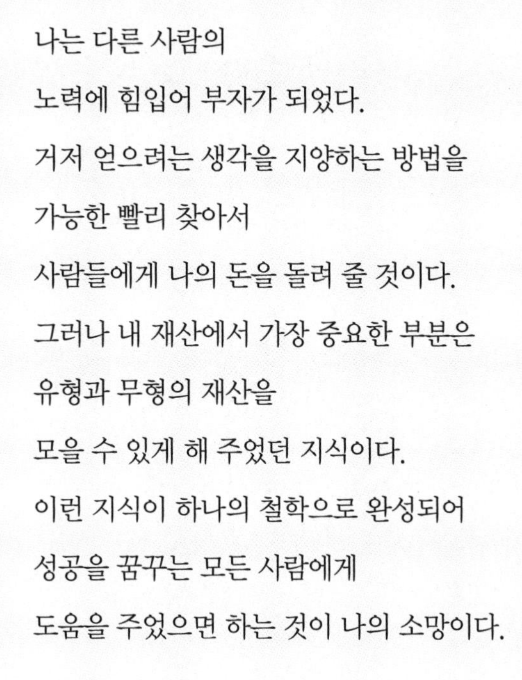

나는 다른 사람의
노력에 힘입어 부자가 되었다.
거저 얻으려는 생각을 지양하는 방법을
가능한 빨리 찾아서
사람들에게 나의 돈을 돌려 줄 것이다.
그러나 내 재산에서 가장 중요한 부분은
유형과 무형의 재산을
모을 수 있게 해 주었던 지식이다.
이런 지식이 하나의 철학으로 완성되어
성공을 꿈꾸는 모든 사람에게
도움을 주었으면 하는 것이 나의 소망이다.

★앤드류 카네기

카네기의 말은 많은 것을 생각하게 한다.

그는 자신의 성공을

다른 사람들이 함께했기에 이뤘다고 겸손해한다.

그리고 그는 누군가에 도움을 주고 싶은

꿈으로 가득 차 있음을 알 수 있다.

그가 존경받는 것은 바로 이런 겸손함과 베푸는 데 있다.

누군가에 도움이 되고 꿈을 주는 사람이 되라.

그것이 진정한 성공이다.

일상에서 배우는 행복에 이르는 길

네 마음을 증오로부터,

네 머리를 고민으로부터 해방시켜라.

간단하게 생활하라.

기대를 적게 가지고 주는 것을 많이 하라.

네 생활을 사랑으로 가득 채워라.

빛을 발하도록 하라.

나를 잊고 남을 생각하며

남의 일을 자신의 일과 같이 하라.

이상과 같은 일을 일주일동안 계속하라.

★H. C. 머튼

행복해지기 위해서는 근심과 걱정,

미움과 증오로부터 벗어나야 한다.

그리고 평안과 안식.

사랑과 베풂으로써 마음을 풍요롭게 해야 한다.

마음이 풍요로우면 행복은 저절로 따라오게 된다.

멋지게
나이 든다는 것은

멋지게 나이 든다는 것은
세월의 흐름에 따라 나타나는
진짜 변화를 자연스럽게 받아들이는 것이다.
물론 이 변화에는
우리가 얻을 기회들을 깨닫고
이에 감사하는 것도 포함된다.
이제는 노화와 싸우는 데 투자하는 노력의 일부를
노년을 잘 보내기 위한 방향으로 돌려야 한다.
노년을 긍정적으로 인식하고
그것으로부터 얻을 수 있는 기회를 활용해야 한다.

★탈벤 샤하르

사람 중엔 자신이 나이가 든다는 것을

애써 부정하는 사람들이 있다.

이는 매우 어리석은 일이다.

지혜, 판단력, 축적된 지식, 그리고 사물을 보는 안목은

세월이 가고 경험이 쌓여감에 따라 발전한다.

나이가 든다는 것은 삶의 이치를 발견하고 이해하고

지식을 습득하고 그것을 즐기게 된다는 것이다.

세월과 싸우지 말고 못 다 이룬 꿈을 좇고,

세월을 부정하며 밀어내지 말고

세월에 맞서 달리는 사람이 되어야 한다.

그것이 멋지게 나이 드는 것이다.

당신이 이 세상에 온 이유이자 목적은

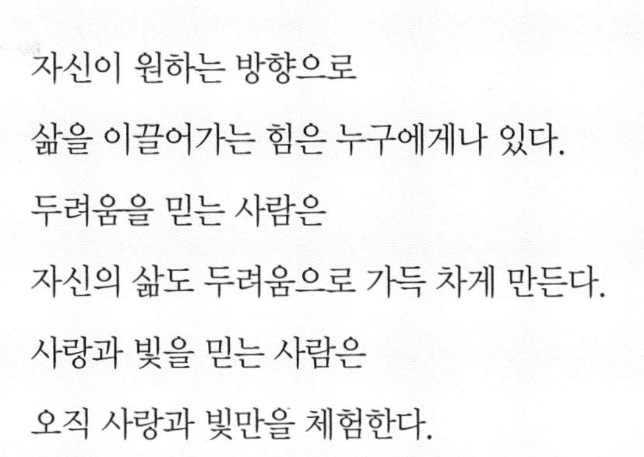

가슴 뛰는 일을 하라.

그것이 당신이

이 세상에 온 이유이자 목적이다.

그리고 그런 삶을 사는 것이 실제로 가능하다는

사실을 당신은 깨달을 필요가 있다.

자신이 원하는 방향으로

삶을 이끌어가는 힘은 누구에게나 있다.

두려움을 믿는 사람은

자신의 삶도 두려움으로 가득 차게 만든다.

사랑과 빛을 믿는 사람은

오직 사랑과 빛만을 체험한다.

당신이 체험하는 물리적 현상은 당신이
무엇을 믿고 있는가에 따라 결정된다.
자신의 삶을 사는 일,
충분히 자신의 모든 부분을 살아가는 일,
그리고 자기 존재가 이미 완전하다는 것을 깨닫는 일,
지금 당신에게 필요한 것은 그것이다.
삶은 당신이 생각하는 것보다 훨씬 단순하다.
진정으로 가슴 뛰는 일을 하고 있다면
모든 것이 당신에게 주어질 것이다.
우주는 무의미한 일을 창조하지 않기 때문이다.
당신이 가슴 뛰는 삶을 살 때
우주는 그 일을 최대한 도와줄 것이다.
이것이 우주의 기본법칙이다.

★다릴 앙카

사람은 누구나 세상에 태어난 이유와 목적이 있다.

쓸데없이 자신을 비하하면서 스스로 발목을 묶지 마라.

그것처럼 어리석은 일은 없다.

노래하고 싶은 꾀꼬리가 공작의 미모에 주눅이 들고,

수영하고 싶은 물개가 치타의 질주를 보고 수영을 포기한다면

그것처럼 불행한 일은 없다.

만약 당신이 할 수 있고,

하고 싶은 일이 있다면 과감히 행하라.

가슴 뛰는 일을 하라.

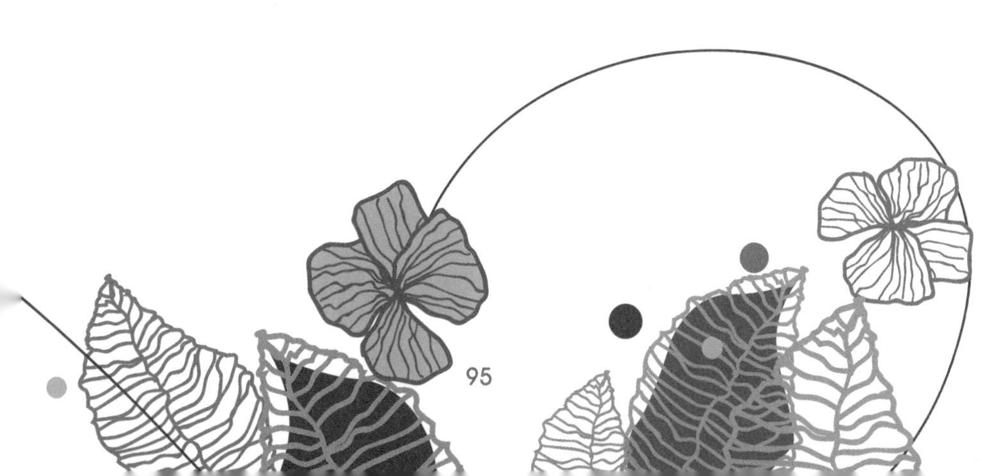

그럴만한 이유가 있다고 생각하라

고통에 찬 달팽이를 보게 되거든
충고하려고 하지 마라.
그 스스로 고통에서 벗어날 것이다.
당신의 충고는 그를 화나게 하거나
상처를 입게 할 것이다
하늘의 선반 위로
제자리에 있지 않은 별을 보게 되거든
그럴만한 이유가 있을 거로 생각하라.
더 빨리 흐르라고 강물의 등을 떠밀지 마라.
풀과 돌, 새와 바람,
그리고 대지 위의 모든 것들처럼
강물은 나름대로 최선을 다하고 있는 것이다.

시계추에 달의 얼굴을
가지고 있다고 말하지 마라.
당신의 말이 그의 마음을 상하게 할 것이다.
그리고 당신의 문제를 가지고
당신의 개를 귀찮게 하지 마라.
그는 그만의 문제들을 가지고 있기 때문이다.

★장 루슬로

누군가의 고민을 듣게 되면

우리는 자기 시각으로 상대방의 입장과 자존심은

생각지도 않고, 상대가 가장 듣고 싶어 할 말만 하거나

현실을 냉정하게 평가하여 상대의 허물을 들춘다.

그 과정에서 상대를 걱정하고 감싸 안을 수는 있지만,

그것은 잠시일 뿐이다. 그것을 견뎌내고 받아들이는 것은

오로지 당사자의 몫이다.

고통에 찬 달팽이는 나일 수도 그대 일 수도 있다.

나의 관심이 부담으로 작용하지 않도록

믿고 기다리는 배려가 필요하다.

승자와 패자를 가리는 비법

승자와 패자를

가리는 단 한 가지는

승자는

실행하는 사람이라는 것이다.

★앤서니 로빈스

자신이 결심한 마음을

3일 이내에 행동으로 옮기지 않으면,

단 1%도 성공할 가능성이 없다는 말이 있다.

무엇인가를 성취하는 최상의 길은

결심한 다음 곧바로 반드시 실행에 옮겨야 한다.

용기는 나중에 찾아도 된다.

나를 행복하게 하는 평생의 로맨스

자신을

사랑하는 것이야말로

평생

지속되는 로맨스이다.

★오스카 와일드

자신을 사랑하는 사람은 매사에 긍정적이다.

언제나 긍정의 에너지가 넘치고

자신이 하는 일에 최선을 다한다.

자신을 사랑하지 못하면 그 누구도 사랑할 수 없고,

자신에게 게으른 사람이 남에게도 부지런하지 못한다.

또한, 자신이 초라하다 생각하는 사람일수록

남에 대한 시기와 질투가 많다.

결국, 자신을 사랑하는 것이

자신을 잘 되게 하는 행복하고 축복된 일이다.

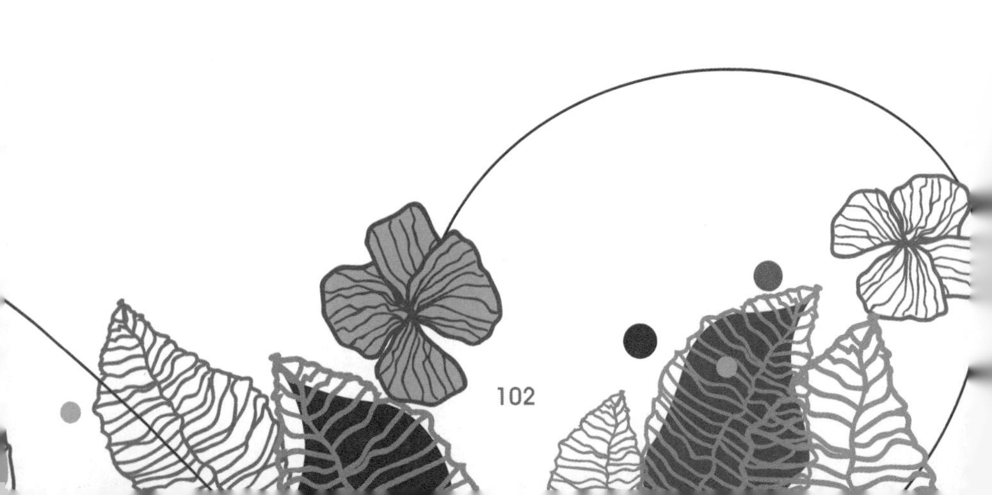

내 마음의
참 모습 찾기

고요한 곳에서

고요한 마음을 지키는 것은

참다운 고요함이 아니다.

소란한 가운데서 고요함을 지켜야만

심성의 참 경지를 얻게 된다.

즐거운 가운데서

즐거운 마음을 지니는 것은

참다운 즐거움이 아니다.

괴로운 곳에서 즐거운 마음을 얻어야만

마음의 참모습을 볼 것이다.

★명심보감

모든 것이 잘 갖춰진 상태에서

얻게 되는 결과보다는

부족한 것 가운데서 얻게 되는 결과가 더 빛난다.

진정 마음이 고요한 사람은 장소와 상관없이

자신의 마음을 지킬 수 있어야 한다.

즐거움이 있는 곳에서만 즐거움을 느끼는 것이 아니라

괴로우나 즐거우나 한결같은 마음을 지킬 줄 알아야 한다.

마음을 비움으로써 고요를 얻으며 괴로움에

흔들림 없는 마음으로 즐거움을 얻을 수 있어야 한다.

부족함에서 오는 충만감, 느림에서 오는 여유야말로

세상의 어떤 배부름보다도 행복하다.

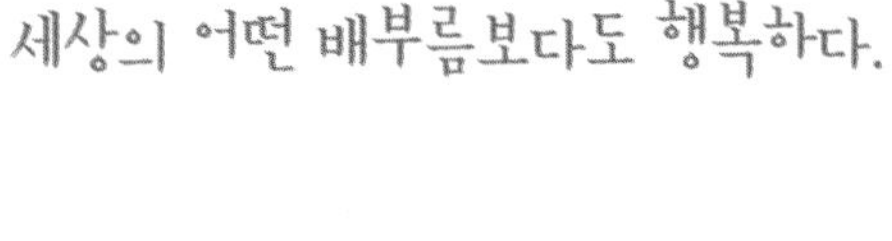

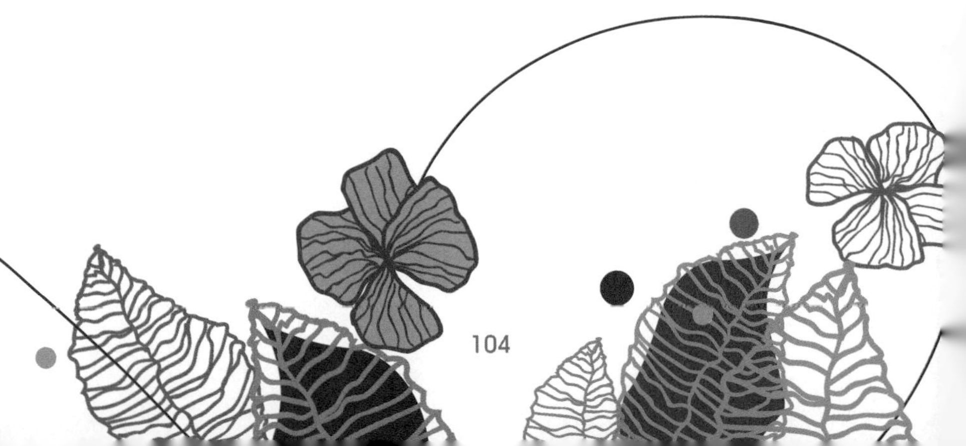

역경 속에는 반드시 숨겨진 축복이 들어있다

이 세상에 존재하는

모든 사람, 장소, 사물, 생각, 사건들은

당신이 꿈꾸는 완전한 삶을 이루는데

꼭 필요한 부분들이다.

역경 속에는 반드시 숨겨진 축복이 들어있고,

일보 후퇴는 새로운 도약을 위한 준비이다.

이것이 바로 감사이다.

★존 디마티니

비바람을 이겨내고 피는 꽃이

더 아름답고 환하게 다가온다.

역경을 이겨내고 이룬 성공이 사람들을 감동으로 이끄는 것은

역경을 극복하고 이룬 성공이기 때문이다.

인생의 폭풍우가 몰아칠 때 좌절하지 마라.

그것은 축복을 주기 위한 전주곡이라고 생각하라.

그러면 당신의 인생은 지금보다 완전히 달라질 것이다.

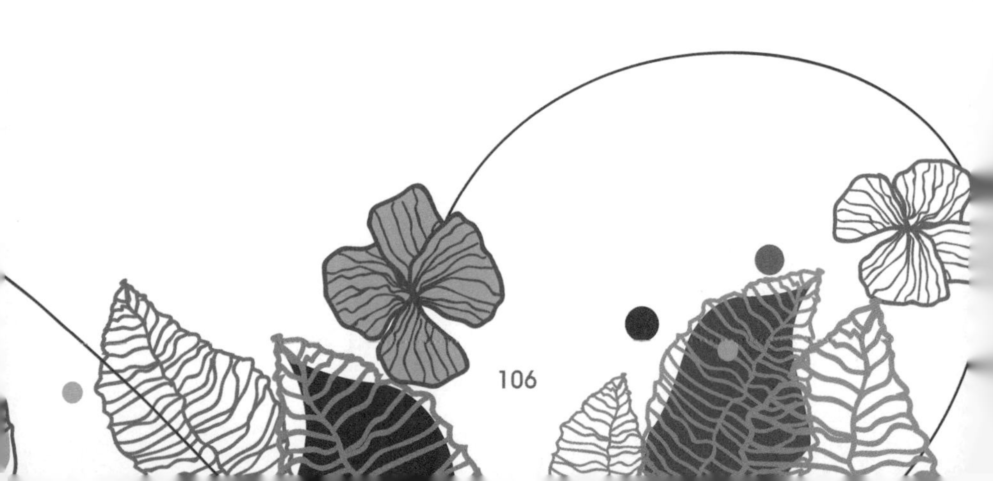

죽은 벌레를 위한 기도

추운 겨울 어느 날

베란다 바닥에 벌레 한 마리 죽어 있다.

저 작고 여린 몸으로

한평생을 버티며 살다 주검으로 남았다.

죽는다는 것은 온몸에

물기가 말라버리고,

온 생애의 물기가 말라버리는 것일까.

나무껍질처럼 빳빳하게 굳어버린
새끼손톱만 한 벌레의 사체를
휴지에 곱게 싸아 쓰레기통에 버렸다.

우리 또한 언젠가 물기 말라버린
생애의 마지막 날을 맞게 될 것이다.
그날, 누군가의 생애에 짐이 되지 않는
생이 되어야 하느니,

벌레여, 부디 바라노니 잘 가거라.
네가 가는 그곳에선
푸른 피 돋는 맑은 생으로 거듭나거라.

아, 겨울 하늘이
푸른 바다보다 깊고 푸르다.

★김옥림

어느 추운 겨울 날 베란다로 나가니

작은 벌레가 죽어 있었다. 몸은 이미 빳빳하게 굳어 있었다.

그런데 순간 측은한 마음이 들었다.

벌레도 생명인데 추운날씨를 이기지 못하고 죽은 것이다.

나는 어쩌면 벌레만도 못한 밥이나 축내는

밥버러지 인생은 아닐까, 하는 생각이 들었다.

그 순간 나는 벌레를 위해 기도를 해야겠다고 생각하였다.

결국, 그것은 나에 대한 반성적 의미이자 다짐이었다.

그 날 나는 좀 더 경건한 마음으로 보낼 수 있었다.

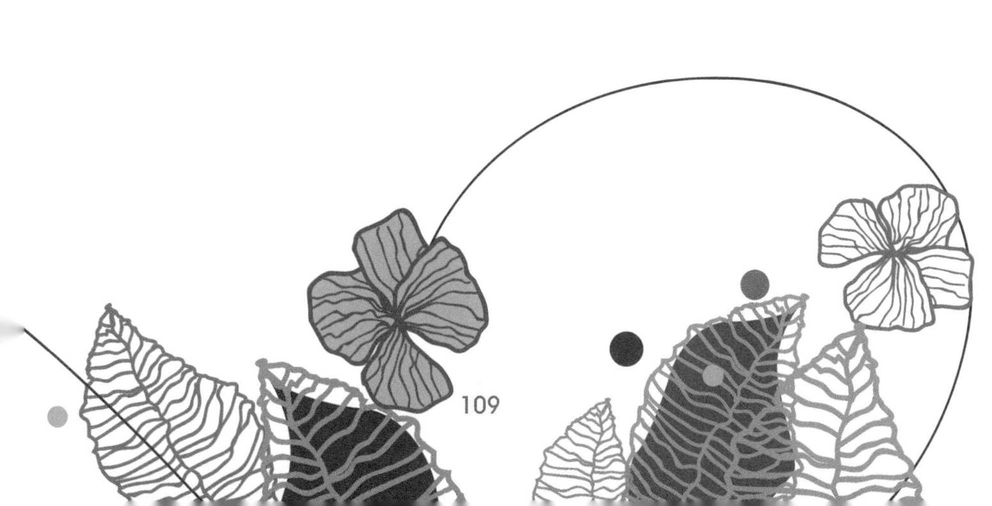

감사와 고마움을 생활습관이 되게 하라

감사와 고마움이 무럭무럭 자라도록 하라.
그것이 생활의 습관이 되게 하라.
누구에게나 감사하라.
고마움을 알게 되면,
사람은 행한 일들에 감사하게 된다.
할 수 있었지만
못한 일에 대해서도 고마움을 느낀다.

어떤 이가 도와주면 그대는 고마워하는데
그것은 단지 시작에 불과하다.
그 다음에는 누군가가
그대에게 해를 끼칠 가능성이 있는데도
그렇게 하지 않은 것에 감사하게 된다.

상대방이 그렇게 하지 않은 것이 고마운 것이다.
일단 감사에서 생기는 감동은
마음속 깊이 가라앉혀 두면
그대는 모든 것에 고마움을 느끼게 된다.
그리하여 고마움을 느끼면 느낄수록
불평과 투덜거림은 훨씬 더 줄어들게 된다.
불평이 사라지면 고통도 사라진다.
고통은 불편과 더불어 있으며
불평하는 마음도 함께 연결되어 있다.
고통은 감사하는 마음과 공존할 수 없다.
이것이 배울 만한 가장 중요한 비밀들 중의 하나이다.

★오쇼 라즈니쉬

매사에 감사하는 마음으로 산다는 것은

자신을 축복으로 이끄는 비결이다.

가장 행복한 사람은 부자가 아니라 감사하는 사람이다.

강한 자는 자기를 절제할 줄 아는 사람이다.

감사함이 내 안에 자리 잡고 있으면

불평이나 절망은 찾아오지 못한다.

가진 것에 만족하고 감사하는 자가 진정한 부자이다.

감사한 인생은 오늘을 살지만,

내일을 이미 가슴에 품고 사는 사람이다.

사람이 일을 해야 하는 이유

일하지 않는 사람은

절대

올바른 생각을 할 수 없다.

일하지 않으면

게으름과 비뚤어진 마음을 갖게 만든다.

긍정적인 행동이

뒤따르지 않는

사고思考는 병균과도 같다.

★헨리 포드

사람은 일의 가치를 알고
적극적이고 긍정적으로 일할 때
행복할 수 있고 성공할 수 있다.
하고 싶은 일에는 방법이 보이고,
하기 싫은 일에는 변명이 보인다고 했다.
행복과 불행, 성공과 실패는
지금 자신이 하고 있는 일에 대한
마음의 태도에 의해 결정된다.
즐겁게 열심히 일하는 사람은
새로운 삶의 가치에 눈뜨게 된다.

높은 덕성을 갖는다는 것은

높은 덕성을 갖는다는 것은

자유로운 정신을 갖는다는 것을 의미한다.

끊임없이 불쾌한 마음에 빠지고,

언제나 사물에 불안감을 가지고,

욕심에 사로잡히는 사람은

자유롭고 평안한 정신을 갖지 못한다.

언제나 자기 자신에 대해 평온을 유지하지 못하고,

자기가 하는 일에 골몰하지 못하는 사람은

보아도 보지 못하는 사람이며,

들어도 듣지 못하는 사람이며,

먹어도 맛을 모르는 사람이다.

★논어

덕성이란 옳은 일을 꾸준히 행한 증거로

삶에 나타나는 탁월한 도덕성이다.

덕성은 먼저 자기를 살피게 하고, 성찰하고,

먼저 내 속을 알려고 하는 것이다.

톨스토이는 높은 덕성이란,

일시에 얻을 수 있는 것이 아니라

끊임없는 노력으로 얻어지는 것이라 했다.

덕을 쌓는 일은 자신을 높이는 일이다.

내가 사랑받는 것처럼 남을 사랑하라

그대가
사랑받는 것처럼 남을 사랑하라.
또한
그대가 받는 것만큼 남에게도 베풀어라.
항상 자신을 낮추고 남을 이롭게 하라.
관용으로써 분노를 극복하라.
선으로써 악을 정복하라.
나 자신의 어리석은 생각, 그릇된 판단,
그리고 잘못을 범하기 쉬운 나쁜 습관을 버려라.
해야 할 일을 하고 감당해야 할 일을 감당하라.
양심은 자신의 유일한 증인이다.

★톨스토이

자신을 사랑할 줄 아는 사람이 남을 사랑할 수 있고,

남도 도울 수 있고, 남도 용서할 수 있다.

그리고 남의 허물을 덮고 용서하는 것이

자기를 사랑하는 것임을 알 수 있다.

더불어 자신의 내적 내공의 힘을 키우는 것이며

자신의 꿈도 성취할 수 있다.

또한, 자신의 일도 열심히 하는 사람이 되라.

그리고 그 일에 따뜻하고 사랑스런 마음을 덧붙여 보라.

그 일이 당장은 진척이 없어 보이지만,

나중엔 큰 힘으로 돌아올 것이다.

한 번만
더 말해주세요

오늘 사랑하는 이가

당신 곁에서 웃고 있을 때

한 번만 더

사랑한다고 말해주세요.

오늘 사랑하는 이와 함께

푸른 하늘을 바라볼 수 있음에

한 번만 더

고맙다고 말해주세요.

오늘 사랑하는 이에게
마음 아프게 한 일이 있다면
한 번만 더
미안하다고 말해주세요.

지금 이 순간 사랑하는 이가
당신 곁에 있다는 것은
그것만으로도
눈물이 날 만큼 감사한 일이지요.

사랑하는 이의 얼굴을
날마다 바라볼 수 있음에
한 번만 더
사랑한다고 고맙다고
미안하고 감사하다고 말해주세요.

★김옥림

사랑하는 이가 자신의 곁에 있을 때

한 번 더 사랑한다고 말하고, 한 번 더 고맙다고 말하고,

한 번 더 미안하다고 말하라.

사랑하는 사람과의 관계가 익숙해진다고 할지라도

항상 배려하고 노력하고 상처 주지 않게 신경 써라.

모름지기 익숙해지면 행복의 소중함을 잊곤 한다.

지금 옆에 있는 그에게 사랑한다고 마음을 전하라.

하루에 몇 번이라도 좋으니까

내 곁에 있어서 고맙다고 말하라.

그리고 그걸 어떤 일보다 감사하게 생각하라.

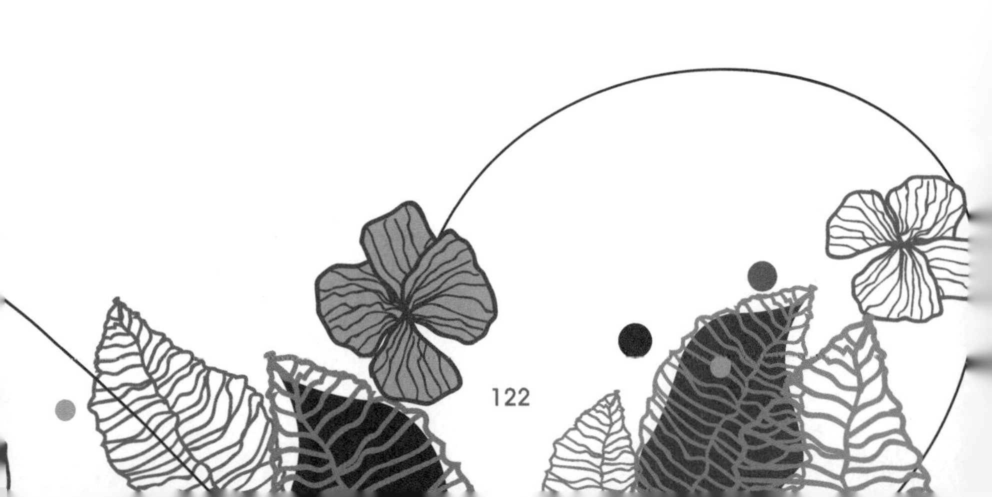

아무에게도 적이 되지 않는 사람

모든

사람에게 예의가 바르고

많은 사람에게

친절한 사람은

아무에게도 적이 되지 않는다.

★벤저민 프랭클린

태도는 사람을 측정하는 중요한 잣대다.

많은 경우, 겸손하고 공손한 태도로 성공하며,

그렇지 못한 태도로 실패한다.

누구나 자신에게 호의를 베푸는 사람을 적으로 삼지는 않는다.

그래서 친절한 사람은 누구와도 척을 지지 않고,

많은 사람과 좋은 인연으로 오래 지낸다.

또한, 평소 삶의 태도가 큰 기회를 좌우한다.

친절하고 예의를 갖추고 진실한 마음으로

지금 주어진 일에 최선을 다하다 보면

반드시 내 인생의 기회가 찾아올 것이다.

지금 이 순간 무엇을 하느냐가 중요하다

많은 사람들은 나이 드는 것을 두려워한다.
젊은 세대와 단절되고 생동감 넘쳤던
과거로부터 점차 멀어져간다는 생각에
젊은 시절의 자신을 그리워하기도 한다.
그러나 과거에 대한 집착에서 벗어나
오로지 '지금 이 순간'에 집중하면 나이 듦에 대한
두려움은 사라지고 인생의 척도가 달라진다.
어느 정도 나이가 들고나면 가족들이 당신의 행동을
이해하지 못하더라도 일일이 해명할 필요가 없다.
그 나이에는 일시적으로 깜빡하고 실수하는
경우가 있다고 생각하기 때문이다.
과거가 아닌 현재의 순간만을 살면
쓸데없는 고민에서 벗어나
주변 세상을 있는 그대로 응시하게 되고,

그 순간부터 당신 눈앞의 세상은
훨씬 더 흥미롭고 아름답게 변할 것이다.
또한, 젊은이들에게는 지혜롭고 현명한 스승이 되고,
아이들에게는 부모들이 채워줄 수 없는
부분을 채워주는 정신적 스승의 역할도 할 수 있다.
중요한 것은 나이를 먹었다는 사실이 아니라
지금 이 순간 무엇을 하며 사느냐이다.

★바바라 골든

나이 듦을 있는 그대로 받아들이면

젊었을 때보다 더 좋은 것들을 찾을 수 있다.

앞만 보고 달리느라 보이지 않았던 아름다움을 느낄 수 있고,

한탄하게 되는 여러 상황을

술렁술렁 넘어가는 방법을 배울 수도 있다.

또한, 다른 사람들의 삶과 생각을 통해서

새로운 시각으로 볼 기회가 주어져

앞날을 예측할 수 있는 장점이 있다.

지금 이 순간 당신은 무엇을 하고 있는가.

변화를 긍정적으로 받아들이면

나이 들어서도 좋은 것들은 얼마든지 찾을 수 있다.

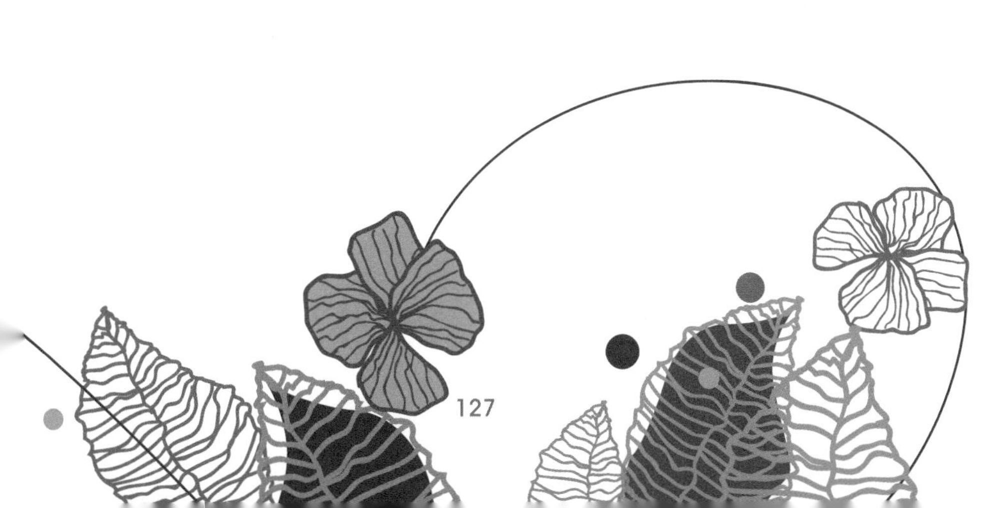

이 세상은 책이다

이 세상은 책이다.

여행을 하지 않는 사람은

한 페이지만을

계속 보는 사람과 같다.

★아우구스티누스

세상은 넓고 기회는 많다는 말이 있다.

여행은 자신의 편협한 생각과 아집에서 벗어나

좀 더 겸허해지고 솔직해질 수 있는 시간이다.

세상을 다 배우지는, 다 알지는 못해도

먼 훗날 인생을 살아가는 데 있어

여행에서 느꼈던 삶의 소중함과 경험, 그리고 추억을 되새기며

조금은 더 행복하게 살아갈 수 있지 않을까.

사람은 전혀 새로운 것 앞에서

변화하는 나 자신을 보며, 새로운 나를 발견하고,

이런 변화들이 쌓여 만들어지는 존재이기 때문이다.

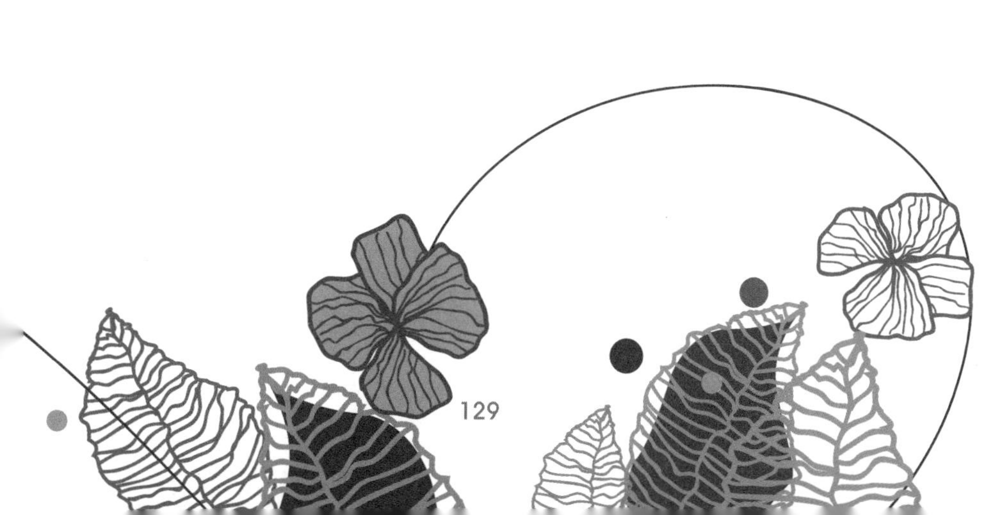

CHAPTER 3

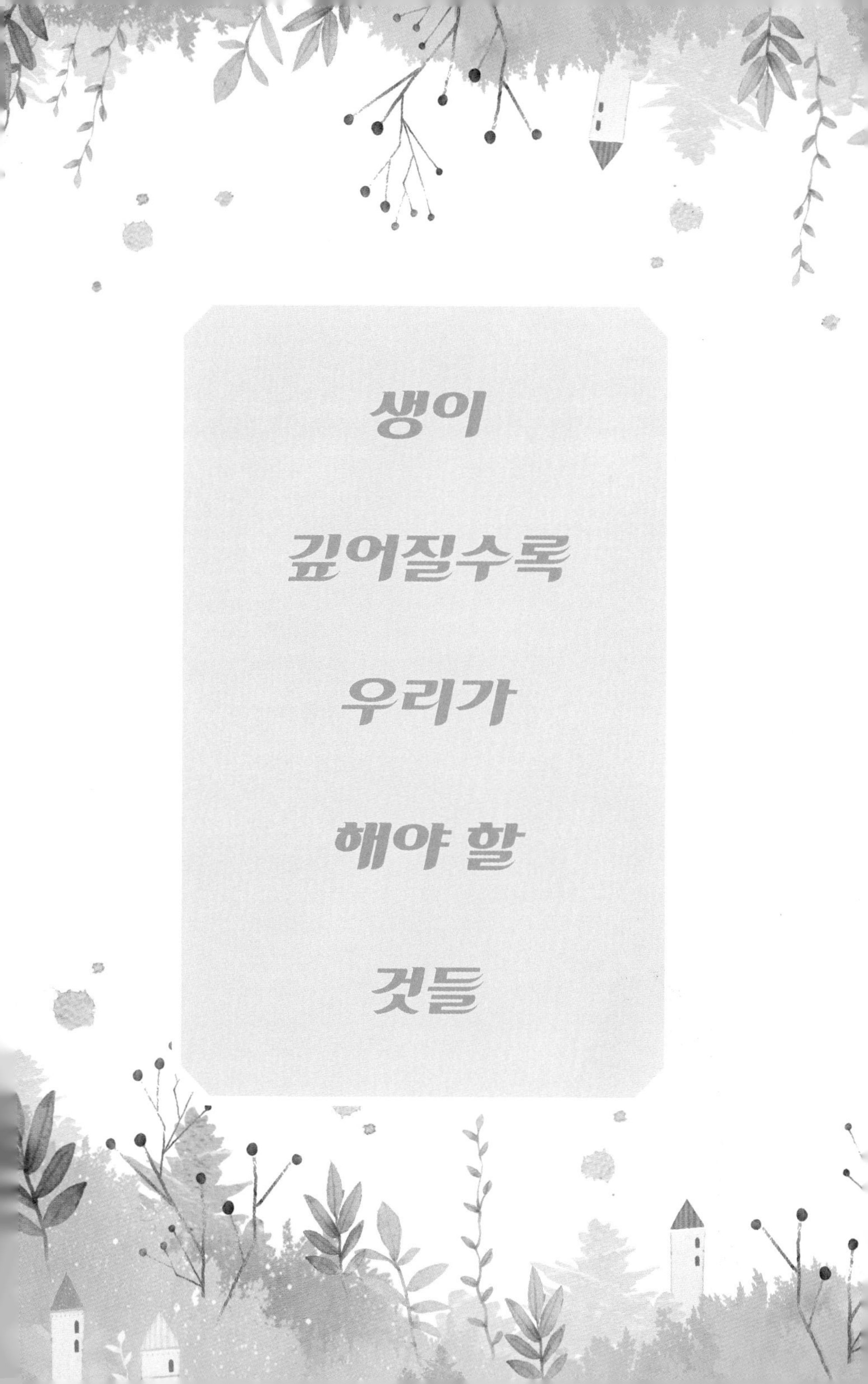

생이
깊어질수록
우리가
해야 할
것들

사랑에 대한 세 가지 조건

사랑을 하는 자가 갖춰야 할
첫째 조건은 그 마음이 순결해야 한다.
상대방의 인격을 존중하지 않고는
진실한 연애라고 할 수 없다.
그리고 그 마음과 뜻이 흔들림이 없어야 한다.

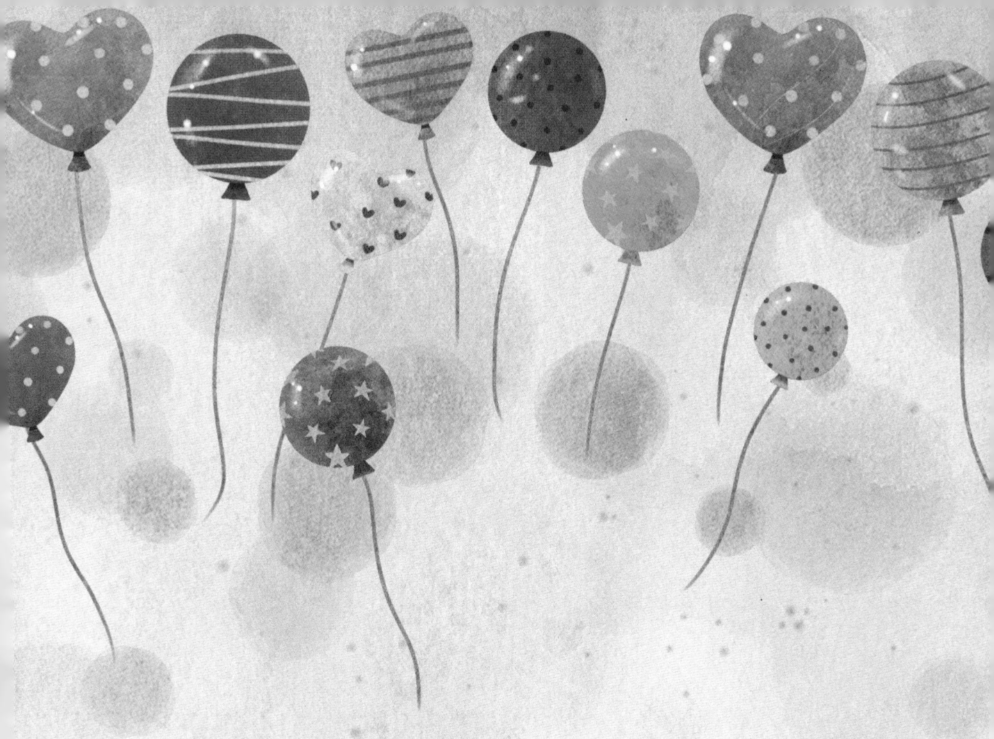

신의 앞에서도 부끄러움이 없고,
동요함이 없어야 한다.
동시에 대담성이 있어야 한다.
장애물에 굴하지 않는 용기를 지녀야 한다.
이와 같은 조건이 갖추어졌다면
그것은 참된 애정이고 진실한 연애다.

★앙드레 지드

사랑에 조건을 건다는 것은 무리일 수 있다.

하지만 마음이 순결해야 하고,

신 앞에 부끄러움이 없어야 하고,

그 어떤 것에도 두려워하지 않는 용기를 지녀야 한다.

사랑은 참으로 순수하고 고귀한 것이다.

사랑의 가장 좋은 조건은 사랑이다.

그래서 사랑은 사랑으로 이어져야 한다.

그래야 그 사랑이 영원해질 수 있는 것이다.

세상에 극복할 수 없는 문제란 없다

아무런 걱정도,

문제도 없다면 인생이 얼마나 즐거울까?

누구나 한 번쯤

이런 생각을 해보았을 것이다.

하지만 문제없는 인생이란 있을 수 없다.

이런 생각은 그저 환상에 지나지 않는다.

우리가 할 수 있는 최선은,

문제가 무엇인지 정확히 간파하고

그 상황을 개선할 수 있는

계획을 세운 다음 그대로 실천하는 것이다.

즉 문제에 직면했을 때는

왜 그런 문제에 봉착하게 되었는지를 분석하고

위기를 기회로 바꿀 방법을 강구해야한다.

세상에 극복할 수 없는 문제란 없다.

★돈 에직

우리는 인생을 살면서 크고 작은 문제를 만난다.

인생은 문제의 연속이다.

사람들은 삶 속에서 문제가 다가오면 큰 고통으로 여긴다.

그러나 삶의 문제가 반드시 나쁜 것만은 아니다.

인간으로서의 모든 풍요로움은

고난을 통해서 얻어지는 것이다.

순간순간 마주치는 고난을 극복하며

이겨내는 삶이 잘 살아가는 인생이다.

긍정적으로 받아들이고, 문제를 해결할 수 있다고 생각하면,

문제는 반드시 해결되고야 만다.

감정을 다스리는 일에 익숙해지기

감정이 격하면

매사를 바르게 느낄 수가 없다.

또한 감정이 열처럼 높아지고

마음이 어두워지니,

옳고 그른 것과

그리고 선악을 판단하지 못한다.

그러므로 감정이 격할 때면

마음을 가라앉혀야 하며

감정이 열처럼 높아지면

마음을 차게 식혀야 한다.

★채근담

아무리 이성적인 사람이라 할지라도
감정이 격해지면 풍랑에 요동치는 거룻배와 같다.
이처럼 자기감정을 잘 다스리는 일은 중요하다.
감정에 의해 지배되고 상처로 인한 삶을 사는 것은
불행과 고통을 주며 인간관계를 해친다.
그러므로 자기감정을 잘 다스렸을 때 얻는 것은
너무나 크고 중요하다.
감정을 잘 다스린다는 것은
억압과 가둠의 부정적인 감정이 아니라
자유로움과 평안 속에서 이성의 영향 아래 둠을 의미한다.

친절하라,
무조건 친절하라

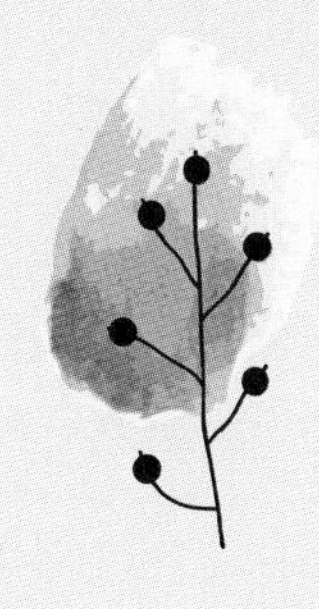

똑똑하기보다는

친절한 편이 더 낫다.

★탈무드

친절은 인간이 지닌 가장 기본적인 소양이며
인류 문명사의 가장 아름다운 교양이다.
친절이란 남을 대하는 마음이 정성스럽고
태도가 정겨우며 마음 씀씀이나 그 행동이 극진함을 말한다.
아무리 작은 친절일지라도 남에게 베푼 친절은
절대 헛되지 않다. 상대에게는 감동을 선사하고
자신에게는 기쁨과 행복을 가져다주는 요요와도 같다.
"친절은 세상을 아름답게 한다. 모든 비난을 해결한다.
얽힌 것을 풀어헤치고 곤란한 일을 수월하게 하고
암담한 것을 즐거움으로 바꾼다."라고 톨스토이는 말하고 있다.
친절은 자신을 성장하게 만들어 가는 원동력이 된다.

생이 깊어질수록
우리가 해야 할 것들

생이 깊어질수록 삶을
뜨겁게 뜨겁게 끌어안고 살자
짜증이 나고 화나는 일도 조금씩만 더 참고
미워하고 시기하는 일도 조금씩만 더 줄이고
사랑하는 사람들을 위해 기도하자

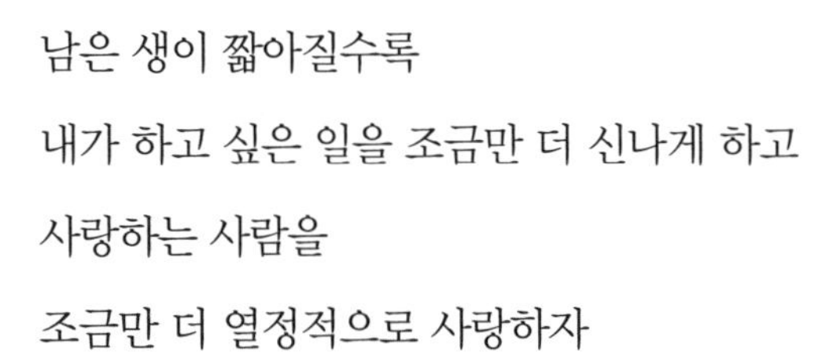

남은 생이 짧아질수록
내가 하고 싶은 일을 조금만 더 신나게 하고
사랑하는 사람을
조금만 더 열정적으로 사랑하자

생은 되돌아 흐르지 않는 강물처럼
한 번 가버리면 그만이지만

가는 세월도 되돌려 부둥켜안고
서로를 보듬어 용서하고 화해하고
조금만 더 즐기고 조금만 더 행복하게 살자

생이 우리 곁을 떠나 저만치 멀어질수록
조금은 더 역동적으로
조금은 더 꿈을 꾸면서
조금은 더 의연하게 양보하며 살자

생이 깊어질수록
눈물의 깊이는 더욱 깊어지는 것
그리하여 조금은 더 웃으며 손을 내밀어
지워도 지워도
다시 지우려 해도
지워지지 않는 사랑의 별이 되자

★김옥림

생이 깊어진다는 것은 삶을 알아간다는 것이다.
그래서 생이 깊어질수록 참고 견디며,
배려하고 사랑하는 일에 익숙해져야 한다.
그렇게 될 때 좀 더 생을 가치 있고,
보람되게 살아가게 되기 때문이다.
생이 깊어지는 만큼 삶 또한 깊어지게 됨을
잊지 말아야 할 것이다.

세상에서 가장 나쁜 사람

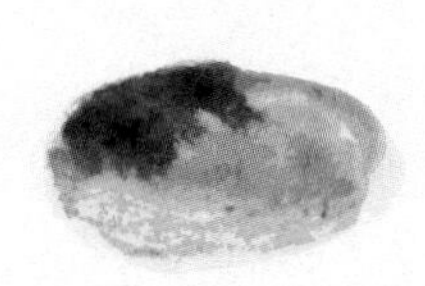

가장

나쁜 사람은

용서를

모르는 사람이다.

★토마스 풀러

살아가면서 '용서'가 안 돼서 겪는 고통이 많다.
과거에 그 사람이 준 고통과 상처도 모자라 미움과 분노라는 감옥에
자신을 가두고 감정의 죄수로 사는 경험이 누구에게나 있다.
누군가를 미워할 때 우리는 상당한 에너지를 소모하고,
마음의 여유를 잃어버리며, 행복과 즐거움을 외면한다.
그러나 그럴수록 지우고 용서하라.
그런 기억과 분노들이 우리에게 주어진 삶의 질을 망가뜨려
자신의 인생을 다치게 하기 때문이다.
스스로 용서를 구할 용기가 없어 머뭇거리는 상대가 있다면
내 쪽에서 먼저 용서의 손길을 내밀어 주는 용기도 필요하다.
과거를 벗어나 현재와 미래의 행복을 향해 나아가는 첫걸음이
용서이고, 내 마음의 평화를 위한 최고의 선물이 용서이다.

우리가 알아야 할 지고至高의 경지

모든 감정들이

고요할 때

마음이 평안하게 되었을 때

지성知性이 흔들리지 않고 있을 때

이때를 현자는

지고至高의 경지라고 말한다.

★우파니샤드

지극히 큰 소원을 품고,

지극한 정성과 믿음의 마음자세를 가지고,

생각하고 생각하여 끊임없이 잊지 않으면

지극히 고요함을 가진다 했다.

그리고 참된 자아를 찾기 위해 꾸준히 노력하는 사람,

자신의 인격의 중심으로부터 살아가는 사람,

다른 사람들에 대한 판단하는 것을 그만둔 사람만이

마음의 평안에 도달할 수 있다.

감정을 다스리는 일은 어렵고도 힘든 일이다.

하지만 자신을 성숙하고 현명한 사람으로 만드는

매우 중요한 일이기도 하다.

가장
아름다운 대가

스스로를 돕지 않고는

진정으로

다른 사람들을 도와줄 수 없다.

이 사실이야말로

우리의 삶이 주는

가장 아름다운 대가 중 하나다.

★랠프 왈도 에머슨

스스로 돕는다는 것은

자신에게 위로와 격려를 하는 것이며

자신을 위해 투자를 하는 것이며

자신이 진정한 '나'를 위해 스스로 챙기는 것이다.

매사 자신의 삶에 최선을 다한다는 뜻이다.

자신을 사랑하지 못하는 사람은 남도 사랑하지 못한다.

스스로 돕는 사람은 진정으로 남을 도울 수 있고

결국 세상을 밝히는 등불이 되는 것이다.

자기 자신에게 진실하고, 자신을 아끼며,

자신의 삶에 충실히 하는 것이

곧 나를 돕고 남을 돕는 길이다.

내 인생의 철학을 가져라

내 삶의 철학은 다음과 같다.

인생에서 이루고자

하는 것을 생각해 결심을 굳히고,

그런 다음

그 목표를 향해 매진하면

결코 손해 보지 않는다.

어떻게든 성공하니까 말이다.

★로널드 레이건

생각하지 않으면 사는 대로 생각하고,

생각하면 생각하는 대로 살게 된다.

자신이 원하는 삶을 살기 위해서는 생각하고,

생각하는 대로 실행하면 생각하는 대로 살게 된다.

목표가 없는 사람은 인생에서 그저 맴돌고 방황하기만 할 뿐이다.

사람을 나태하게 만들고

무계획적인 습관을 낳게 한다.

우리가 어디에 서 있는지 아는 것도 중요하다.

그러나 더 중요한 것은 어디를 향해 가고 있는지 아는 것이다.

목표도 없이 계획이 세워질 수는 없듯이,

계획 없이 얻어지는 결과란 있을 수 없다.

반면 목표를 정하고 삶을 투자하는 사람에게는

활기가 있다. 삶이 역동적이고 목표 지향적으로 살게 된다.

게으름과 좌절을 극복하고 과거의 노예가 되지 않는다.

우리가 살면서 하고자 하는 일을 할 기회란

그리 흔치 않다.

목표와 계획이 세워지고 행동으로 표면화될 때

보다 완전한 삶이 될 것이다.

열정을 불러일으키는 평범한 생각

열정을

불러일으키는 평범한 생각이

아무에게도

영감을 주지 못하는

훌륭한 생각보다

더

많은 것을 이루게 한다.

★메리 케이 애시

인생에서 원하는 것을 갖지 못했다면,
그것은 당신이 그만큼 절실하게 원하지 않았기 때문이다.
당신이 열정과 소망을 다 하지 않고,
단지 성공에 대한 욕심만 앞섰기 때문이다.
주체할 수 없는 열정의 파도가 밀어 올리지 않는다면,
성공의 해안가에 도달할 수 없다.
열정의 힘은 대단하다.
연못에 던진 돌을 중심으로 생겨나는 동심원처럼,
열정은 넓게 퍼져나가며 닿는 모든 것을 물들인다.
주변에 있는 사람들의 마음을 사로잡는
전염성 강한 힘이 있다.
열정은 꿈을 가진 사람이 반드시 가져야 할 에너지이다.
열정은 자신을 다 바쳐서라도 피워야 할 인생의 꽃이다.

나는 나만을 위한 작업을 한다

나는

나 자신을 위한 작업을 한다.

패션계의 주문을 받아도

지금 스타일과는 다른,

좀 더 틀에 박히지 않고

풍부하게 표현하려는

나만의 작업을 한다.

★사라 문

나의 색깔이 분명한 것, 즉 나답게 산다는 것은

마음의 소리에 귀 기울이며 또 다른 나와의 끊임없는 대화이다.

나답지 않은 것을 억지로 하려 하거나 잘 안된다고 우울해 하며

내 뜻과는 상관없이 억지로 구멍만 메우려고 하는 것은

자신을 속이는 것이 되고 내 주변 사람에게도

진실하기 힘들 것이다.

오만하지 않고, 순수한 호기심을 간직한 채 생각하고,

이해하고, 판단하고, 결정짓는 사람이어야 한다.

나답게 산다는 것. 그것은 내가 누구이며,

내가 가야 할 길이 어디며,

왜 그 길을 가는지 분명히 알고 있는 사람이다.

그것이 나답게 산다는 것이다.

좋은 결과는 생각의 방식에서 온다

생각하는

방식을 바꾸면

느끼는

방식도 바꿀 수 있다.

★얼 나이팅게일

같은 문제도 어떻게 생각하느냐에 따라 결과는 놀랍도록 달라진다.

따라서 자신의 인생을 바꾸기 위해서는 자신의 사고부터 바꿔야 한다.

즉, 패러다임(Paradigm 사고의 틀)을 바꿔야 한다.

패러다임을 바꾸면 행동이 바뀌고, 행동이 바뀌면 습관이 바뀌고,

습관이 바뀌면 운명이 바뀐다.

이렇듯 생각은 우리의 삶을 변화시키는 시발점이다.

이 마음에 행복이 있고 이 마음에 불행이 있다.

행복과 불행은 스스로 만드는 것이다.

부정적인 사고를 과감히 버리고 긍정적인 사고를 받아들여

우리의 의지대로 미래를 개척해 나가야 한다.

생각은 미래를 창조하는 원동력이다.

누구나 즐기는 발레 그것이 나의 발레다

발레는
일부 사람들만
즐기는 무용이 아니다.
발레는
누구나 즐겨야 한다.
그것이
내가 생각하는 발레다.

★이사도라 던컨

현대무용의 선구자 이사도라 던컨.

토슈즈를 벗어 던진 맨발의 무용가.

엄격한 형식에 묶여있는 전통 발레와 같은 무용에 반발하면서

자유롭고 개성이 넘치는 표현력을 강조한

현대무용의 어머니로 불린다. 던컨이 현대무용의 대가로

아직도 세인의 입에 오르내릴 수 있는 것은

그녀의 투철한 목표의식을 통해 자신의 의지를 강화하고,

결국에 행동을 통한 실천의 모습으로

세상 사람들을 감동하게 할 수 있었기 때문이다.

그녀의 열정적인 삶과 아름다운 미모,

그리고 어려운 역경을 딛고 일어서는 불굴의 정신,

오직 자기의 목표를 달성시키기 위한

최선의 노력을 그의 삶에서 배워야 할 것이다.

낙관적인 태도가 인생에 미치는 가치

낙관적인 태도는

목표달성에

필수 불가결한 요소이며

용기와

진정한 발전의 토대다.

★로이드 알렉산더

낙관주의(optimism)는 미래를 긍정적으로 내다보면서

살아가는 태도를 말한다. 그러므로 낙관적인 사람은

사물을 긍정적으로 해석하는 기질을 갖고 있는 것이다.

골칫덩이 문제를 머릿속에서 치워버리고 계속 생각하길 거부하면서

사태를 개선하기 위해 다른 무엇을 생각한다.

그들은 자신이 소망하는 일들이 미래에 잘 실현될 수 있다는

생각을 하고 기대를 하며 살아간다.

연구결과 중에는 비관주의자보다 주관적 행복도가 높은 데다가

사회적 성취수준도 높다고 말한다.

하루하루 노력할수록 목표를 달성할 수 있다는 자신감도 커지고,

나날이 진보할수록 두려움과 의심을 털어버릴 수 있다.

낙관적으로 행동한다는 것은 포기하고 싶은 마음이 들 때

한 번 더, 그 이상으로 노력한다는 의미이기도 하다.

자신이 원하는 것을 얻는 중요한 마음가짐이다.

살 수 있는 동안 열심히 살아가기

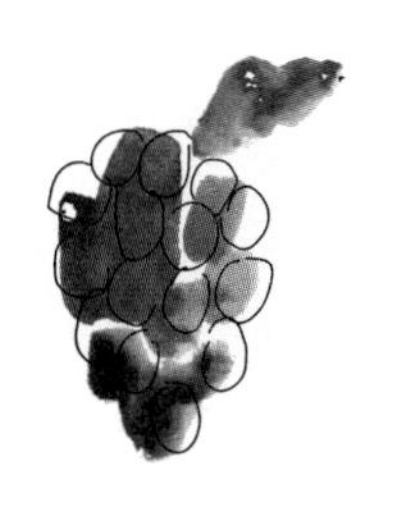

삶은 모험이다.

살 수 있는 동안 열심히 살아라.

오늘은

결코 다시 오지 않으며

내일은 오직 한 번 올 뿐이고,

어제는 영원히 가버린 상태다.

현명하게 선택하고

당신이 만들어 낸 모험을 만끽하라.

★앤드루 카네기

많은 사람이 지나간 일을 후회하고,

다가오지도 않은 내일을 염려하면서 불안해한다.

그나마 오늘을 즐긴다는 사람들 대다수도 자신의 삶이 아닌

남의 시선에 의한 삶을 사느라 전전긍긍한다.

그러나 정작 나를 보고 있는 것은 남이 아닌 바로 자기 자신일 뿐이다.

나에게 주어진 내 인생 다른 사람에게 비친 나를 살지 말고

내가 원하는 내 삶을 살도록 하자.

오늘은 누구의 것도 아니다. 지금 할 수 없는 것,

가질 수 없는 것에 욕심내 지치지 말고

지금 할 수 있는 일에 최선을 다하자.

오늘을 열심히 산 사람, 살기 시작한 사람에게만

내일이 오는 법이다. 오늘을 가져라.

나의 가치를 살리는 공기인간이 되기

우리는

여러 가치관이 병존하는

시대에 살고 있다.

자신의 가치관을 살리기 위해서는

공기인간이 되어야 한다.

공기처럼 가볍고

어떤 곳도 파고들 수 있는,

누구에게나 꼭 필요한 것을

갖추고 있는 사람이 되어야 한다.

★마빈 토케이어

흔히 세 종류의 사람이 있다고들 한다.

꼭 필요한 사람, 있으나 마나 한 사람, 없으면 좋을 사람.

한 번쯤 돌아보고 새겨볼 필요가 있는 말이다.

공기는 작은 틈만 있어도 어디든지 스며든다.

공기인간이란 공기처럼 누구에게나 필요하고,

어떤 상황에서도 제 역할을 다 하는 사람을 말한다.

누구에게든지 필요로 하는 사람은

성공할 준비가 되어 있는 사람이다.

이런 사람은 자신이 무엇을 해야 하는지를 잘 안다.

이용되는 사람이 아닌 이용가치가 있는 사람이 돼라.

안전한 항구를
벗어나 항해하라

앞으로 이십 년 후에

당신은 시도한 일보다는

시도하지 않은 일에

더 실망하게 될지도 모른다.

그러니 밧줄을 풀고

안전한 항구를 벗어나 항해하라.

돛에 무역풍을 가득 담고

탐험하고, 꿈꾸며, 발견하라.

★마크 트웨인

현재에 안주하는 사람은 더는 발전을 기대하지 말아야 한다.
무모하게 아무런 준비 없이 여기저기 부딪혀도 안 되겠지만,
삶에는 어느 정도 위험을 감수하고라도 도전하는 자세가 필요하다.
삶을 뜻하는 생生이라는 글자는
소牛가 외나무다리一 위로 건너는 모습을 형상화한 것이다.
건너편에는 싱싱한 풀과 샘이 보이지만,
아찔하고 아슬아슬한 외나무다리를 건너야 하는 용기가 필요하다.
외나무다리 위에 올라서서 참된 삶에 도전할 것인가,
아니면 노예로 일생을 마칠 것인가는 당신의 마음가짐에 달려있다.
지금보다 나은 인생을 위해서는 탐구하고 모험하는 일에
주저하지 마라. 빛나는 아름다운 결과는 거듭된 노력의 산물이다.

고난의 무대를 두려워하지 마라

크든 작든

가치 있는 모든 성취에는

고난의 무대와

환희의 무대가 따른다.

★간디

삶이 우리를 모질게 만들고 아프게 만들려고 할 때

우리는 기억해야 할 사실이 하나 있다.

이것을 훌륭하게 잘 견디어 내면

그 너머는 행복이 기다리고 있다는 것을.

고난은 어디든지 따라오는 성공의 동반자이다.

또한, 인생에서 매우 중요한 담금질이며 소금과도 같은 요소이다.

고난을 불운이라고 여기면 인생은 괴롭지만,

고난을 친구로 여기면 성공한 인생이 될 수 있다.

고난에서 가치가 드러난다.

진리에 이르는 길은

오류에

이르는 길은 수 없이 많다.

그러나

진리에 이르는 길은

단

하나다.

★장 자크 루소

자신에게 진실한 자만이 자신에게도, 타인에게도,

사회에도 진실할 수 있다.

잃어버렸던 마음의 진실을 성찰한다면

어떠한 장애물이 가로놓인다 할지라도 다 극복할 수 있다.

'진리는 실체이고 빛은 그림자이다'라고 플라톤은 말한다.

빛을 쫓아가는 사람들은 어둠을 만나게 되면 길을 잃게 되지만

진리를 좇는 사람은 빛이 사라져도 믿음이 있기에

어둠 속에서도 바른길을 찾을 수 있다.

진리는 진실에서 오는 거룩한 발자취이다.

배움의 목적은 자신의 사상을 만드는 것이다

배움의 목적은

사람이 지갑에 돈을

간직하고 있는 것과 같이

지식을 가지고

있는데 있는 것이 아니라,

지식을 우리 자신의 몸에

스며들게 하는 데 있다.

먹는 식량이 활력을 주고

힘을 돋우는 혈액이 되는 것처럼

배운 지식을

자신의 사상으로 만드는데 있다.

★제임스 브라이스

배움의 목적은 성적이 아니라 성장이다.

요즘은 경쟁과 취업의 수단으로 배움을 구하는 이가 많은데

이는 실로 안타까운 일이며 배움의 가치를 초라하게 하는 일이다.

사람은 마음의 성장을 경험했을 때

가장 크고 깊은 행복을 느낄 수 있기 때문이다.

배움은 성장을 위한 수단이고, 자신을 표현하는 것이 목적이다.

배움 자체가 목적이 되어서는 안 된다.

감사는 미래를 위한 덕행이다

감사는

과거에 주어지는

덕행이 아니라,

미래를

살찌게 하는 덕행이다.

★영국 속담

감사한다는 것은 그것을 소중히 여긴다는 것이다.
무엇이든 사람이 소중히 여기기 시작하면 그 가치는 올라간다.
우리가 시련마저도 감사하게 생각하고 소중히 여긴다는 것은
시련이 지니고 있는 가치를 인정한다는 것이다.
이처럼 감사하는 태도는 우리의 삶에서
시련마저도 축복의 계기로 바꿔주는 힘이 있고,
무슨 일을 만나도 또 다른 기회가 있음을 믿고 기다리게 할 줄 안다.
감사는 자기 자신뿐 아니라 주변 사람들까지도
즐겁고 행복하게 하는 무한의 긍정 에너지이다.

여행의
진정한 목적

진정

무엇인가를

발견하는 여행은

새로운 풍경을

바라보는 것이 아니라

새로운

눈을 가지는 데 있다.

★마르셀 프루스트

여행의 진정한 목적을 아는 사람은
여행을 통해 새로운 것을 발견하려고 한다.
새로운 눈, 새로운 생각, 새로운 가치,
이것이야말로 여행의 진정한 목적이다.
여행은 나를 무한히 성장시키는 원동력이며,
무기력에서 벗어나게 하는 가장 빠른 길이다.

CHAPTER 4

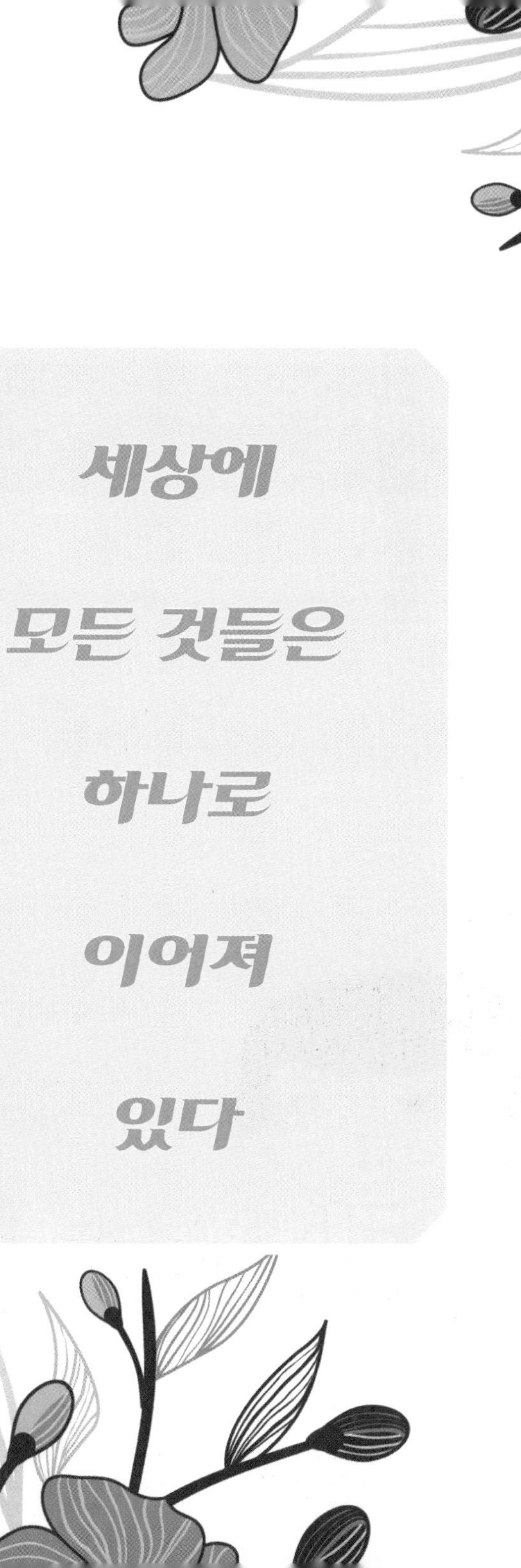

세상에

모든 것들은

하나로

이어져

있다

가능한 것에
관심을 기울여라

두려움이 아닌

희망과 꿈의 조언을 구하라.

좌절에 대해 생각하지 말고

채워지지 않는

잠재력에 대해 생각하라.

시도했다가

실패한 것에 집착하지 말고

여전히 가능한 것에 관심을 기우려라.

★교황 요한 23세

지나간 것에 집착하는 사람들이 있다.
실패, 실수, 분노 등 비생산적이고 비창의적인 일에 생각이 고정되어
두려움이나 좌절에 빠져 허우적거리고 방황하면서
스스로 그 속에 자신을 가두고 있다.
부정적인 일들도 기회로 만들어야 한다.
세상 모든 것은 결국 어떻게 처리하느냐,
어떻게 받아들이느냐, 어떻게 이용하느냐에 달려있다.
매사를 불리하다고 생각하며 걱정하고 근심하지 마라.
당신에게 유리한 쪽을 바라보고 부정적인 일들을
성장을 위한 발판으로 삼아라.

오늘,
오늘을 잘 보내라

이 날을 보라!

이거야 말로 생명, 생명의 생명이다.

이 짧은 행운에

그대의 모든 진실과 현실이 깃들어 있다.

성장의 환희,

행동의 영광,

성공의 화려함,

어제는 꿈에 불과하고

내일은 환상일 뿐,

그러나

알차게 보낸 오늘은 어제를 행복한 꿈으로 만들고

내일을 희망에 찬 환상으로 만든다.

그러므로 오늘을 잘 보내야한다.

이것이 아침 인사이다.

★캐리다사

지금의 오늘은 오늘뿐이다.

더 이상의 오늘은 존재하지 않는다.

어제는 돌이킬 수 없이 지나버린 과거일 뿐이고

내일은 오지도 않을 수 있는 미지의 세계이다.

오늘은 과거와 미래가 함께 존재하는 공간이다.

오늘을 잘 보내는 방법은 지금 하는 일에 최선을 다하는 것이다.

자신이 정녕, 남과 다른 길을 가고 싶다면

열정과 애착으로 오늘을 보내는 것이다.

그러면 원하는 것을 이루게 될 것이다.

삶의 아름다운 협력자

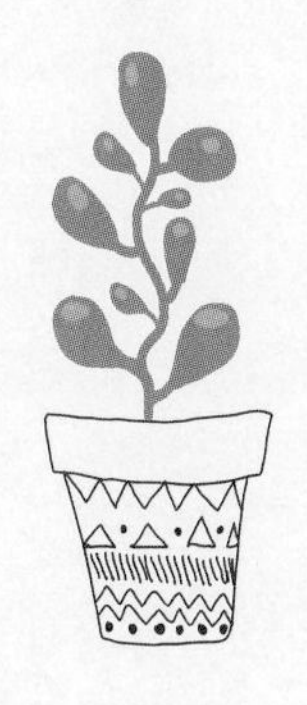

산이 아름다운 것은
갖가지 생물들을 자신의
넓은 가슴으로 품어주기 때문이다.

산엔 물푸레나무, 떡갈나무,
소나무, 참나무를 비롯한 수많은 나무와
초롱꽃, 패랭이꽃, 구절초, 진달래 등
수많은 꽃으로 가득 채워져 있다.

서로 품어주고 안아주어 아름다운 산
천상천하 유아독존은 그 어디에도 없다.
서로 협력하지 못하는 것은
더 이상 존재의 의미가 없다.

서로에게 따뜻한 위안이 되어주는
아름다운 삶의 협력자가 되는 것,
이것이 삶의 본질이다.

★김옥림

나무는 물과 햇빛과 공기가 있어

잘 자란다.

꽃 또한 그러하다.

산은 나무와 꽃들이 잘 자랄 수 있도록

어머니처럼 품어준다.

자연은 서로 다른 것들이 조화롭게 어울리므로

아름다운 것이다. 인간의 삶 또한 그러하다.

자신과 주변 사람들이 조화롭게 협력하므로

행복하게 살 수 있다.

만일, 이런 조화로움이 깨진다면

그것은 곧 멸망을 의미한다.

깨닫고 느낌으로써
감정으로부터 벗어나라

당신의 존재가 삶과 죽음을 겪어야 하는
육체 그 너머에 있음을 깨달아야 한다.
그러면 모든 문제가 풀릴 것이다.
문제는 당신 스스로 죽어야 할 존재로
태어났다고 믿는 데 있다.
깨달아야 한다.
자유롭게 살아가라.
당신은 개체적 자아가 아니다.
자유는 걱정으로부터의 자유다.
변함없는 것을 깨달았다면
욕망과 두려움을 앗아가지 마라.
욕망과 두려움이 왔다가
스스로 떠나가도록 그대로 두어라.
이와 같은 감정에 대해 반응하지 말고

차분한 마음으로 바라보면

감정은 힘을 잃고

당신은 자유롭고 편안한 상태에 이르게 된다.

★바바하리다스

불필요한 감정은
언제나 사람을 곤혹스럽게 할 뿐
전혀 도움이 되지 않는다.
이런 불필요한 감정에서 벗어나기 위해서는
스스로 깨닫고 느끼면서 이성을 길러야 한다.
이성이 감정보다 앞설 수 있다면
어떤 상황에서도 감정에 빠져 허우적거리는
우를 범하지 않는다.
이성만이 감정을 누를 수 있기 때문임을
잊지 마라.

있는 그대로 내버려두어라

사물을 있는 그대로 내버려두어라.
그들에게 스스로 무게를 갖게 하라.
겨울날 아침, 단 하나의 사물이라도 있는 그대로
바라보는 데 성공한다면 비록 그것이
나무에 매달린 얼어붙은
사과 한 개에 불과하더라도 얼마나 큰 성과인가.
나는 그것이 어슴푸레한
우주를 밝힐 것으로 생각한다.
얼마나 막대한 부를 우리는 발견할 것인가.
열린 눈을 가질 때 우리의 시야가 자유로워질 때,
신은 우리 앞에 모습을 드러낸다.
필요하다면 신조차도 홀로 내버려두라.

신을 발견하고자 원한다면

그와 서로를 존중할 수 있는 거리를 두어야 한다.

신을 발견하는 것은,

그를 만나러 가고 있을 때가 아니라

그를 홀로 남겨두고 돌아설 때이다.

감자를 썩지 않게 보존하는 방법에 대해

당신의 생각은 해마다 바뀔지도 모른다.

그러나 영혼이 썩지 않게 하는 방법에 대해서는

수행을 계속하는 일 외에 내가 배운 것은 없다.

★헨리 데이비드 소로

인위를 가하지 않는 것을 무위無爲라고 한다.

무위는 노자의 핵심사상인데 이는 곧 그대로 내버려둠을 의미한다.

우리는 모든 대상을 진정으로 이해하고 그 모든 것을 놓아버려

사물의 참 성질을 받아들여야 한다.

지금 무슨 생각을 하고 있든지 과감히 떨쳐버리고,

머릿속을 깨끗이 비울 수 있도록 해야 한다.

그럼 바른 견해定見를 지니게 되면서 우리의 마음도 평안해진다.

이것이 있는 그대로의 모습이다.

집착, 분노, 욕망 등의 감정이 일어날 때마다,

그 느낌은 원래 그렇게 존재할 따름이라는 것을 알고

거기서 헤어나오게 되는 것이다.

자신을 빈 배로 만들 수 있다면

한 사람이 배를 타고 강을 건너다
빈 배가 그의 배와 부딪치면
그가 아무리 성질이 나쁜 사람일지라도
그는 화를 내지 않을 것이다.
그 이유는 그 배는 빈 배이기 때문이다.
그러나 배 안에 사람이 있으면
그는 그 사람에게 피하라고 소리칠 것이다.
그래도 듣지 못하면 그는 다시 소리칠 것이다.
그리고는 욕을 퍼붓기 시작할 것이다.
이 모든 일이
그 배 안에 누군가 있기 때문에 일어난다.
그러나 배가 비어 있다면
그는 소리치지 않고 화내지도 않을 것이다.

세상의 강을 건너는
그대 자신의 배를 빈 배로 만들 수 있다면
아무도 그대와 맞서지 않을 것이다.
아무도 그대를 상처 입히려 하지 않을 것이다.

★장자

욕심을 버리면 그 누구도 적으로 삼지 않는 다.

그런데 욕심을 버릴 수 없어 적을 지며 사는 것이다.

나를 비우면 어떤 욕심이나 바람조차도 나를 경계하거나

시기하는 일이 없을 것이다.

자신을 탐욕으로부터 벗어나게 하라.

나를 비움으로써 진정한 평안을 얻을 수 있으니

비우는 것이 곧 가장 큰 것을 채우는 것이다.

자신에게 지나친 신뢰를 두지 마라

발끝으로 오랫동안 서 있을 수 없다.
자기 자신을 과신하는 사람은 빛날 수 없고,
자기만족에 취해버린 사람은
영광에 도달할 수 없다.

교만한 자는 그 이상으로 자신을 높일 수 없다.
이성이 판단 앞에 나서면
그것들은 무용지물에 지나지 않는다.

이런 까닭에 모든 사람들에게
혐오를 불러일으키는 것이다.
그러므로 이성을 가진 사람은
자기 자신에게 지나친 신뢰를 두지 않는 것이다.

★노자

자신을 스스로 신뢰하는 것은 좋으나
지나치게 되면 교만을 부를 수 있다.
자신을 지나치게 신뢰하다 보면
상대를 무시하는 우를 범하게 된다.
어떤 자신감도 인간적인 겸손을 바탕으로 해야 빛이 난다.
겸허하고 진실한 마음은 대인관계뿐 아니라
사회생활 속에서 어떠한 일에 직면하더라도
그것을 돌파할 수 있는 유일한 지혜가 될 수 있다.

죽음의 공포에서 벗어나고 싶다면

죽음의 공포에서 벗어나고 싶다면
최선을 다해 살아가는
사람의 행동을 눈여겨보고 본받도록 하라.
그 사람들은 죽음이
언제 닥쳐올지 모른다는 것을 알고 있다.
나를 포함한 우리 주변의
많은 사람들은 결국 나이가 들어 죽는다.
살아있는 동안의 그 짧은 인생에서
인간은 많은 슬픔과 고통, 기쁨을 누린다.
죽음 뒤에 찾아오는 시간의 영원성을 생각해보라.
당신의 앞날에도 존재하는 이 무한한
영원의 틈바구니에서 사흘 동안 사는 것과
3세기 동안 사는 것이 뭐가 다를까.

★마르쿠스 아우렐리우스

열심히 사는 사람들은 그렇게 살지 않는 사람들에 비해

죽음에 대한 공포에 연연해 하지 않는다.

자신의 열정을 쏟다 보면 자신이 하는 일에 몰입하는 까닭에

다른 것에 마음을 쓸 겨를이 없다.

한번 주어진 인생에서 가치 있는 삶을 사는 것은

누가 만들어 주거나 돈을 주고 살 수 있는 것이 아니다.

죽음의 공포를 벗어나고 싶다면

자기가 지닌 가치를 충분히 살려내어

지금 자신이 하는 일에 최선을 다하라.

가치 있는 삶, 행복한 삶은 스스로 만들어 가는 것이다.

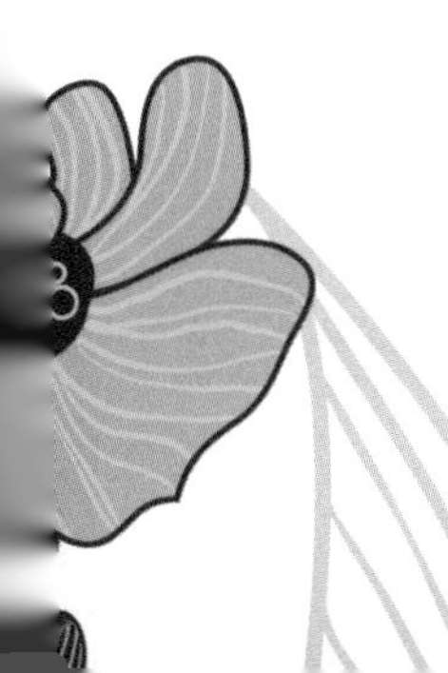

인간에게 완전함이란 하나의 표상에 불과하다

완전함을 이루려고 할 때,

그때의 목적은 어떤 완벽한 상태에

도달하는 데만 있는 것은 아니다.

사실 거기에 도달하려는 것은

불가능한 일이다.

인간에게 완전함이란

단순한 이상에 지나지 않으며

하나의 표상에 불과하기 때문이다.

그럼에도 우리가 완전함을 추구하는 것은

우리 자신의 내면을

악에서 선으로 변화시키기 위함이다.

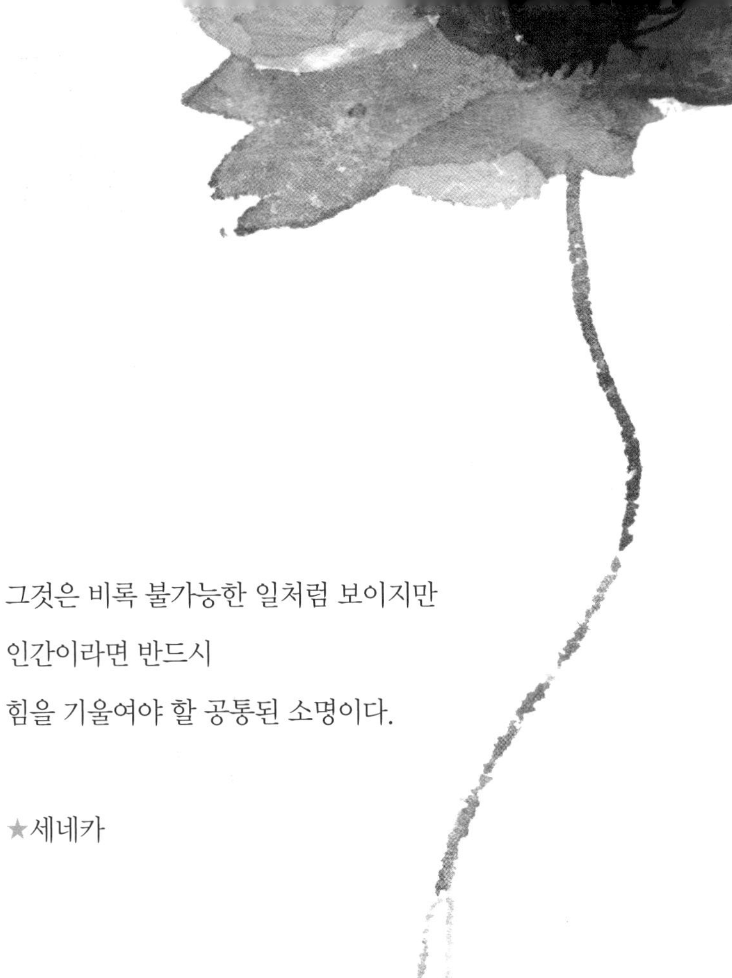

그것은 비록 불가능한 일처럼 보이지만
인간이라면 반드시
힘을 기울여야 할 공통된 소명이다.

★세네카

완전함은 변치 않는 것이다.

100%란 변치 않는 완전함을 이루는 것이다.

이는 정해지는 것이 아니라 이루는 것이다.

스스로 하기에 달려있다.

우리 인간에게 완전함이란 생각하지도 못할 이야기다.

그것이 바로 신과 인간의 차이이기 때문이다.

그러나 성장과 성숙의 본성을 받아들이는 인간에게는

한 걸음, 한순간 노력하는 자세가

완전함을 추구하는 의미 있는 인생의 태도일 것이다.

내가 지나온 모든 길은 당신에게로 향한 길이었다

여행은

힘과 사랑을 그대에게 돌려준다.

어디든 갈 곳이 없다면

마음의 길을 따라 걸어가 보라.

그 길은 빛이 쏟아지는 통로처럼

걸음마다 변화하는 세계,

그곳을 여행할 때 그대는 변화할 것이다.

내가 지나온 모든 길은

곧 당신에게로 향한 길이었다.

내가 거쳐 온 수많은 여행은

당신을 찾기 위한 여행이었다.

내가 길을 잃고 헤맬 때조차도

나는 당신을 향해 걸어가고 있었다.

그리고 마침내

내가 당신을 발견했을 때,

나는 알게 되었다.

당신 또한

나를 향해 걸어오고 있었다는 것을.

★잘랄루딘 루미

여행은 지친 일상을 재충전해 준다.

우리는 그것을 찾아 멀리 혹은

아름다운 자연이 있는 곳으로 여행을 한다.

그러나 세상에는 또 다른 여행이 있다.

그것은 마음으로의 여행이다.

마음은 작은 우주, 그 속에는 빛이 쏟아지는 길이 있고

걸음마다 변화하는 세계가 있다.

독일의 철학자 헤겔은 '여행은 자기내로의 귀환'이라고 했다.

결국, 그 어떤 여행이든 결국은 자신에게로 돌아온다는 뜻이다.

여행은 자신을 변화하게 하여

더 큰 자신으로 돌아오게 하는 속성이 있다.

여행에 인색하지 마라.

여행은 자기발전을 위해 꼭 필요한 투자과정이다.

나는 바라본다,
바라볼 수 있는 모든 것들을

나는 세상을 바라본다.

그 안에는 태양이 비치고 있고,

그 안에는 별들이 빛나며

그 안에는 돌들이 놓여 있다.

그리고 그 안에는

식물들이 생기 있게 자라고 있고,

그리고 그 안에는

인간이 생명을 갖고 살고 있다.

나는 영혼을 바라본다.

그 안에는 신의 정신이 빛나고 있다.

그것은 태양과 영혼의 빛 속에서

세상 공간에서 저기 저 바깥에도

그리고 영혼의 깊은 곳

내부에서도 활동하고 있다.

그 신의 정신세계로 내가 향할 수 있기를
공부하고 일할 수 있는 힘과 축복이
나의 깊은 내부에서 자라나기를.

★루돌프 슈타이너

독일 발도르프 학교 학생들이 아침에 매일 낭송하는 시이다.
이 세상은 자연과 인간과 신의 뜻이 어우러져 만들어지고
늘 감사하며 기도하는 마음으로 살아야 함을 일러준다.
하루를 시작하기 전 우리가 속한 세상에 대한
의미를 되새겨 보는 것은, 같은 일상 속에서도
오늘의 특별함을 발견할 수 있도록 도와준다.
사람은 무엇을 바라보느냐에 따라 그 사람의 가치가 달라진다.
별을 바라보면 별과 같은 가치를 지니고,
오염에 물든 가증스러운 것을 바라보면 그와 같이 된다.
세상은 그것을 바라보는 우리의 눈을 통해 매일 새롭게 탄생한다.
어두운 지루함일 수도, 가치 있는 소중한 시간일 수도.

진정한 자기의 길을 찾는 것이 어려운 것은

참된 생활로 인도하는 길은

아주 좁아서

몇몇 사람들만이

그 길을 발견할 수 있을 뿐이다.

왜냐하면 그 길은

그들의 내면세계에만 존재하기 때문이다.

그나마 자기의 길을

찾으려는 자도 그리 많지는 않다.

대개는 다른 길을 헤매느라

진정한,

자기의 길을 찾지 못하는 것이다.

★맬러리

사람마다 성공하는 삶을 살기를 원하고
행복을 누리는 삶을 원한다.
그러나 정작 어떻게 가야 하는지 알고 있는 사람은 드물다.
아무리 화려해도 남의 옷을 입으면 불편하여 오래 입지 못하듯이
내가 아닌 남의 삶을 동경하거나 그런 삶을 살고 있으면
늘 불안하고 흔들려서 오래가지 못한다.
고통, 갈등, 불안, 허전함은
모두 자신의 길을 찾아다니는 과정에서 만나는 것이다.
쉽게 주어진다면 그건 진정한 자신의 길이 아니다.
자기를 발견하고 자신의 길을 찾으려고 노력한다면
그때부터의 인생은 행복과 기쁨으로 찾아올 것이다.

인생에
완전한 만족은 없다

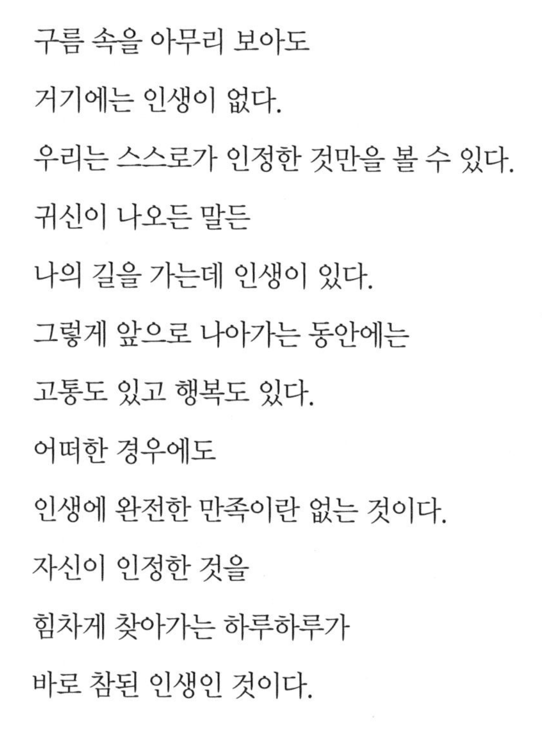

구름 속을 아무리 보아도
거기에는 인생이 없다.
우리는 스스로가 인정한 것만을 볼 수 있다.
귀신이 나오든 말든
나의 길을 가는데 인생이 있다.
그렇게 앞으로 나아가는 동안에는
고통도 있고 행복도 있다.
어떠한 경우에도
인생에 완전한 만족이란 없는 것이다.
자신이 인정한 것을
힘차게 찾아가는 하루하루가
바로 참된 인생인 것이다.

★괴테

인생에서 꿈을 현실로 이루는 것이 성공이라 말한다.

성공은 내가 원하고 바라는 목적을 성취하는 것이다.

목적한 것을 달성하기 위해서는 먼저 스스로 꿈을 크게 갖고

끊임없이 정진하고 하루하루 노력하며

감사한 마음으로 생활해 나가야 한다.

인간에게는 완전한 만족이란 있을 수 없다.

노력의 부족한 부분을 감사의 마음으로 채워준다면

그것이 참된 인생이다.

우리에게 덕이란 무엇인가

덕이란 절제이다.

덕이란 침묵이다.

덕이란 규율이다.

덕이란 결단이다.

덕이란 검약이다.

덕이란 근면이다.

덕이란 성실이다.

덕이란 공정이다.

덕이란 중용이다.

덕이란 청결이다.

덕이란 평정이다.

덕이란 순결이다.

덕이란 겸양이다.

★벤저민 프랭클린

덕이란 무엇인가.

사전에는 '밝고 옳고 크고 착하고 빛나고 아름답고 따스하고

부드러운 마음씨나 행실'이라고 풀이돼 있다.

그만큼 덕은 좋은 품성으로서 형상은 없고

관념으로만 존재하는 절대적인 의미의 착함이

그 모습을 의탁해 드러나는 모습이다.

링컨은 나이 사십이면 그 얼굴에 책임을 지라고 말했다.

사람이 어떤 마음가짐을 지니고 인생을 살아왔는지

나이가 들면 얼굴에 나타난다는 뜻이다.

한 번쯤 거울을 보고 반성하며 되새겨 봄 직한 말이다.

덕이란 인간이 쌓아야 할 인품이고

도덕성이며 최선의 인간적 가치이다.

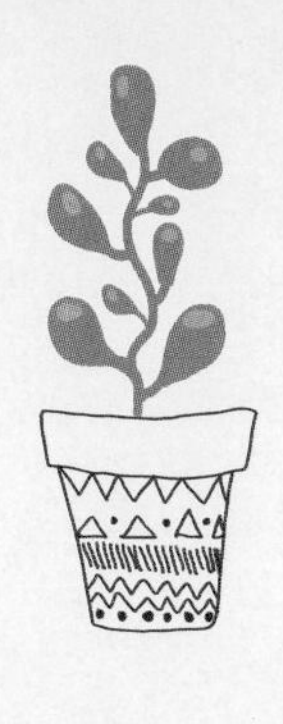

누군가에게 꿈을 주는 사람

내 꿈은 꿈을 주는 사람입니다.

어둠을 몰아내고 깊이 잠든 대지를 깨우며
온 누리를 밝게 비추는 아침햇살처럼,
부정적인 생각으로 가득 찬 이들의 거친 마음을
꿈으로 가득 넘치는 긍정의 마음이 되게 하여
인간의 소중한 가치를 위해
나누는 삶을 사는 이들이 되게 하고 싶습니다.

꿈은 꿈을 가진 이의 친구며, 이상입니다.
꿈을 이룬다는 것은 최고의 가치입니다.

지금 누리는 문명의 이기와 안락함은
과거에 꿈을 가진 이들이 이뤄낸 꿈의 결실입니다.

꿈을 이루기 위해 그들이 흘린 땀과 눈물은
때때로 그들을 시련에 들게 하고 한숨짓게 했지만,
그들은 어느 한순간도 결코 포기하지 않았습니다.
꿈을 포기한다는 것은 모든 것을 포기하는 일이라는 걸
알았으므로 끝까지 하는 힘으로 이겨냈습니다.

꿈은 고통의 바다를 건너게 하고
시련의 능선도 넘게 하고
인간의 능력으로는 할 수 없는 것 까지도
이루게 하는 긍정의 빛과 소금입니다.

꿈이 있는 사람은 아름답습니다.
꿈을 꾸는 사람은 미래를 사는 것입니다.
꿈을 꾼다는 것은 영원을 사는 것이기에
나는 꿈을 주는 사람이 되고 싶습니다.

★김옥림

누군가에게 꿈을 주는 것처럼
행복하고 보람된 일은 없다.
꿈을 주는 일은 창의적인 일이며 생산적인 일이다.
내가 누군가에게 꿈을 주면,
그 몇 배의 꿈이 내게 되돌아오기 때문이다.
꿈을 꾸어라.
내가 아닌 다른 누군가에게
꿈을 주는 꿈의 사람이 되라.

태양을 바라보고 살아가라

태양을 바라보고 살아라.

그대의 그림자를 못 보리라.

고개를 숙이지 마라.

머리를 언제나 높이 두라.

세상을 똑바로 정면으로 바라보라.

나는 눈과 귀와 입을 잃었지만
내 영혼을 잃지 않았기에
그 모든 것을 가진 것이나 마찬가지이다.
고통의 뒷맛이 없으면
진정한 쾌락은 거의 없다.

불구자라 할지라도 노력하면 된다.

아름다움은

내부의 생명으로부터 나오는 빛이다.

그대가 정말 불행할 때

세상에서 그대가 해야 할 일이 있다는 것을 믿어라.

그대가 다른 사람의 고통을

덜어줄 수 있는 한 삶은 헛되지 않을 것이다.

세상에서 가장 아름답고 소중한 것은

보이거나 만져지지 않는다.

단지 가슴으로만 느낄 수 있다.

★헬렌 켈러

태어난 지 19개월 만에 열병으로
보고, 듣고, 말하는 기능을 잃은 헬렌 켈러.
비록 평생 보거나 듣지는 못했지만 아픔과 상처받은 모든 이에게
꿈을 심어주는 강연과 아름다운 글을 남겼다.
밝음을 쫓는 사람은 밝음 속에서 살고,
어둠을 쫓는 사람은 어둠 속에 갇히게 된다.
일상생활의 어려움 속에서 마음을 여는 법을 터득한 사람에게는
자신을 괴롭혔던 많은 문제가 더는 골치 아픈 존재가 아니다.
자기반성과 자기노력 그리고 꿈을 잃지 않는
따뜻한 가슴의 열정이 있다면 이루지 못할 일은 없다.
당신이 세상의 밝음을 향해 바라보고 나아가면
당신 또한 빛이 될 것이다.

완전한 자유를 얻는 비결이란

욕구가 많을수록

사람은 많은 것에 예속된다.

많은 것에 욕구를 느끼면 느낄수록

점점 더 자신의 자유를

잃어버리는 것이 되기 때문이다.

완전한 자유는

전혀,

아무것도 바라지 않을 때 얻을 수 있다.

욕구를 적게 가지면 가질수록

사람은 한층 더 자유롭다.

★조로아스터

인간은 모든 욕망에서 벗어날 때 비로소 참 자유를 얻는다.
사랑에 매이고, 권력에 매이고, 물질에 매이고, 명예에 매이고,
자리에 매인다면 매임의 노예가 될 뿐이다.
또한, 그로 인해 자신을 결박하게 된다.
욕구를 적게 가져 소박한 생활을 하는 사람들은
결핍을 느끼는 일 없이 그리고 남에게 의지하는 일 없이
자유롭게 생활할 수 있다.
새로운 욕망이란 새로운 결핍의 시초이며,
또한 새로운 파멸의 시초이다.
식물을 풍요롭고 튼튼하게 키우려면 가지치기를 해야 한다.
욕망의 가지치기를 하는 것, 모든 매임에서 벗어나는 것,
이것이 참 자유를 얻는 최선의 비법이다.

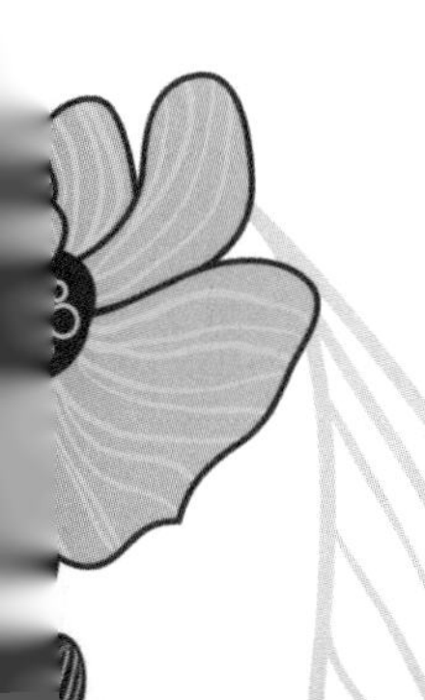

CHAPTER

5

지금 하는

내 생각이

새로운

나의 삶을

만든다

선택은 언제나 자신만이 할 수 있다

선택은 우리 자신의 몫이다.

우리는 머리 위로 날아다니는

새들을 물리치지는 못한다.

그러나 내 머리 위에

집을 짓는 것은 막을 수 있다.

뇌리를 스치는

나쁜 생각도 마찬가지이다.

우리는 악한 생각을 중지시킬 수는 없다.

그러나 악한 생각이

머릿속에다 집을 지어놓고

제멋대로

악한 행위를 하는 것은 막을 수 있다.

★마틴 루터

우리는 세상을 살면서 수많은 선택을 하면서 살아간다.
그런데 어떤 선택이 후회 없는 선택이 될 수 있는지는
자신의 결정에 달려있다.
자신의 능력과 한계의 통찰이, 선택한 삶에 대한
올바른 방향을 제시할 수도 그렇지 않을 수도 있다.
가족이나 주변 지인의 도움을 받을 수 있으나
이 또한 조언은 구하되 선택의 마무리는 스스로 해야 한다.
중요한 점은 어떤 선택을 하든지 결과에 대한 책임은
오로지 자신의 몫이라는 것을 명심하고
신중하고 올바른 결정을 해야 한다.

가장 좋은 대응방법은 침묵이다

어리석고

무지한 인간에 대한

가장 좋은

대응방법은 침묵이다.

그런 사람에게 말대답을 하면

그 말은 곧 당신에게 되돌아온다.

비난을 비난으로써 갚는 것은

타오르는 불 속에

장작을 넣는 것과 같다.

자기를 비난하는 자에게

온화한 미소를 보낼 줄 아는 사람은

이미 상대방을 이긴 것과 같다.

★존 러스킨

묵비권이라는 말이 있다. 입을 함구하는 것을 말함인데
이는 자신에게 유리하게 하기 위해서다.
살다 보면 아무 잘못도 없이 비난을 받고,
비판의 대상이 되기도 한다.
자신이 아무 잘못이 없다면 맞대응하지 말고
침묵으로 일관하는 것 또한 좋은 방법이다.
잘못 없는 비난과 비판 또한 곧 사라지고 만다.
그리고 그 말을 한 사람은 반드시 그 대가를 치르게 된다.

기도하는 마음의 바람직한 자세

기도를 하기 전에는
먼저 정신을 한 곳으로 집중해야 한다.
그럴 수 없다면
차라리 기도를 하지 않는 것이 낫다.
기도할 때에는 비애의 감정이나 태만,
오락, 잡담 등의 영향이
조금이라도 남아있어서는 안 된다.
오직,
신성하고 평온한 마음이 되었을 때만 기도하라.
만약 마음의 준비가 되어 있지 않다면
기도는 다음으로 미루는 게 좋다.
습관화된 기도는
대개 진실하지 못하기 때문이다.

★탈무드

기도는 신앙인들만의 전유물이 아니다.

누구나 마음을 다해 기도할 수 있다.

기도할 때는 마음을 모으고 최대한 깨끗한 생각,

깨끗한 마음으로 해야 한다.

자기 삶에 필요하다고 생각하는 것을 이뤄달라는

탐욕의 표현이 아니라 자아의 옷을 철저히 벗은 채

신과 대면하는 것이 진정한 기도이다.

'간절한 기도에는 신성의 힘이 깃들지만,

타성에 젖은 기도는 잠꼬대에 불과하다'는 말이 있다.

불 속에서 정화되는 금속처럼 정성과 간절함이 들어가는 기도를 통해

감응을 받을 수 있다. 진정한 행복과 평화는 거기에 있다.

최선을 다하고
결과는 신에게 맡겨라

물질적인 것이

당신을 본질적으로 바꿀 수는 없다.

물질은 아무 영향력도 지니지 않기 때문이다.

인간은 정신적인 존재이다.

사람은

빈손으로 태어나 빈손으로 간다고 하지만

모든 일을 절대 신뢰하고 관용으로 받아들이면

삶과 관계되는 모든 일이 가치 있게 보인다.

인간은 원래 비판도 하지 않고

용서하며 솔직히 받아들이고

자기처럼 남을 사랑할 수 있는 파동이

당신을 더욱 좋은 운명으로 인도한다.

그렇게 되면 당신의 과거는 지금까지의 평가와는

다른 가치를 지니게 되고 미래는 즉시 변하게 된다.

잠자던 영혼이 드러나면 직관이 당신을 시키게 된다.

아무런 걱정을 할 필요가 없다.

잘되는 일은 잘되도록

잘되지 않아야 하는 일은 잘되지 않도록

신은 모두 처리해 주신다.

오직, 최선을 다하고 기다리면 된다.

그리고 결과는 신에게 맡기면 된다.

★인드라 초한

운명을 바꿀 기회는 항상 우리 곁에 다가와서 신호를 보낸다.

그러나 그 신호를 알아볼 수 없거나 알아봐도

움직이지 않으면 아무 소용이 없다.

기회를 잡을지 못 잡을지는

그것을 받아들일 준비가 돼 있는지에 달려 있다.

꾸밈없는 마음, 허세나 자존심을 버리고

순수한 마음에 정신을 기울인 채 정신을 집중해야 한다.

그리고 한 걸음 한 걸음 착실하게 노력하며

최선을 다해서 나아가야 한다.

결과는 신에게 맡기면 된다. 신은 알고 있을 것이다.

모든 일에는 약간의 여백을 두는 것이 좋다

한 말짜리 그릇에는

아홉 되쯤 담는 것이 좋다.

가득 채운다면 자칫 넘치게 될 것이다.

모든 일에는 어느 정도

여백을 남겨두는 것이 좋다.

화나는 일이 있어도

화나는 감정을 다 쏟아내지 말 것이며

비록, 정당한 말이라도

칠팔십 퍼센트만 말하고

나머지는 여운으로 남겨두는 것이 좋다.

★채근담

여유가 있는 사람은 말과 행동이 경망스럽지 않다.
그러나 마음에 여유가 없는 사람은 자신이 잘난 줄 착각하고
용서와 화해에 인색하다. 그러므로 쫓기는 사람처럼
조급하고 말과 행동이 거칠어진다.
일에서든, 생활에서든 마음의 여유를 두어라.
마치 여백이 있는 그림이 더 운치가 있고 여운을 남기듯.
여유를 두고 사는 것은 곧 자신을 위하는 일이다.

지금 하는 내 생각이 새로운 나의 삶을 만든다

남들이 정직하기를 바란다면
나부터 정직해져야 한다.
세상을 고통으로부터 해방시키고 싶다면
나부터 해방되어야 한다.
가정과 주위 환경을 행복하게 하고 싶다면
나부터 행복해져야 한다.
나 스스로 자신을 바꿀 수 있다면
나를 둘러싼 모든 것이 변화할 것이다.
인생에는 그 어떤 우연도 존재하지 않는다.
삶에서 일어난 모든 일은
오직 내 마음이 끌어당긴 것이다.
나를 둘러싼 환경은 내 마음속에 들어 있는
눈에 보이지 않은 원인이 가져온
정당한 결과에 다름이 아니다.

생각을 낳는 사람도 나 자신이고
환경과 삶을 창조하는 사람도 나 자신이다.
지금도 나는 나의 삶을 만들고 있다.

★제임스 알렌

사람은 어떤 생각을 하느냐에 따라 그대로 살게 된다.

생각이 그 사람을 이끌기 때문이다.

옛 성현들이 '고운 말씨', '긍정적인 생각'을 강조했던 것도,

지금 생각하고 있는 마음과 무심코 던진 말이

내 몸에 반영되어 다가올 미래에 영향을 끼치기 때문이다.

항상 긍정적인 생각으로 좋은 정보를 입력하면

내 몸도 변화하게 되며, 계속해서 발전된 모습으로 진화하게 된다.

당신은 지금 무슨 생각을 하는가.

당신이 지금 하는 생각이 곧 당신을 이끌어 감을 명심하라.

남의 단점을 들춰 비판하지 마라

어떤 이들은

다른 사람의 단점을 세상에 드러내면서

자신의 단점을 덮어버리거나

희석하려고 한다.

혹은 거기에서 위안을 찾아내려고도 한다.

하지만 이는

자신의 무지에서 비롯된 위안일 뿐이다.

세상에 단점 없는 사람은 없다.

누구나 남들이 아는,

혹은 남들이 눈치채지 못하는

단점을 갖고 살아간다.

현명한 사람은 남의 잘못을 들추지 않는다.

애정 어린 충고라는 미명하에 걸핏하면
남의 단점을 들추고 비판하는 자는
겉모습만 그럴듯한 비인간적인 사람이다.

★발타자르 그라시안

남의 단점이나 약점을 들춰 공격하는 것처럼 비열한 일은 없다.
"남의 눈에 티끌은 보면서 제 눈의 들보는 깨닫지 못한다."는
말이 있다. 공적公的이나 불의에 대한 비판 정신은
없어서는 안 되겠지만, 보이지 않은 곳에서 남을 욕하거나
잘못을 들춰내는 것은 반드시 부메랑이 되어 돌아오기 마련이다.
사랑은 사랑을 낳지만, 증오는 더 큰 증오를
잉태한다는 말을 명심해야 한다.

운명은 그 사람 성격으로 만들어진다

운명은

그 사람의 성격에서 만들어지고

성격은 일상생활의 습관에서 만들어진다.

오늘 하루

좋은 행동의 씨를 뿌려서

좋은 습관을 거둬들여라.

좋은 습관으로 성격을 다스리는 날부터

운명은 새로운 문을 열 것이다,

★데카르트

생각이 말이 되고 말은 행동이 되며 행동은 습관이 되고
습관은 인격이 되며 인격은 그 사람의 운명이 되는 것이다.
어떤 습관을 지니고 살아가느냐에 따라
우리의 성격이 만들어지고,
우리는 또한 성격에 따라 행동하고 살아가게 된다.
따라서 인생의 매 순간을 어떻게 바라보고 대하는가에 따라
한 사람의 삶이 결정된다.
결국, 운명은 자신이 만드는 것이다.

내 아이에게 먼저 가르쳐야 할 것들

나는 내 아이에게
나무를 껴안고 동물과 대화하는 법을
먼저 가르칠 것이다.

숫자 계산이나 맞춤법보다
첫 목련의 기쁨과 나비의 이름들을
먼저 가르칠 것이다.

나는 내 아이에게
성경이나 불경보다도
자연의 책에서 더 많이 배우게 할 것이다.
한 마리 자벌레의 설교에
더 귀를 기울이게 할 것이다.

지식에 기대기 전에

맨발로 흙을 딛고 서는 법을 알게 할 것이다.

오, 나는 인위적인 세상에서 배운 것도

내 아이에게 가르치지 않을 것이다.

그리고 언제까지나 그를 내 아이가 아닌

더 큰 자연의 아이라고 생각할 것이다.

★조안 던킨 올리버

좋은 부모는 자신의 삶을 열심히 행복하게 살며,
아이를 키운다는 일방적인 주는 관계가 아닌
아이의 존재 자체를 고마워하고, 아이 덕에 배우며 성장하는
공생관계임을 알아야 한다.
또한, 배움에서도 지식습득만이 인생을 살아가는 전부라기보다는,
삶과 자연에 대한 이해와 사랑, 자연스러움을 가르쳐야 한다.
자연은 하나의 커다란 교실이다.
인간이 배워야 할 교육의 장이다.

몇 번이고
다시 그려라

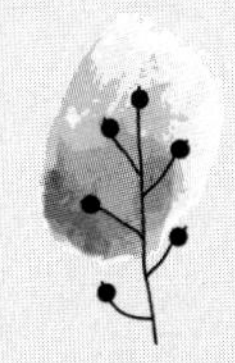

당신은 그림을 그릴 때

가끔

아름다운 것을 발견할 것이다.

그러나 그것을 지워버리고

몇 번이고 다시 그려야 한다.

지우는 일은

모양을 바꾸고 더 보태서

아름다움을

완성해 나가는 과정이다.

★파블로 피카소

20세기의 최대 화가인 파블로 피카소.

그는 그림, 조각, 판화 등 전 분야에 걸쳐 뛰어난 작품을 남겼다.

그가 입체파의 선두주자로서 자신만의 화풍을

이룰 수 있었던 것은 그의 노력과 열정에 있다.

그는 명작을 위해 마음에 들 때까지 몇 번이고 다시 그리고

다시 그렸다. 몇 번이고 다시 그리라는 그의 말처럼

인생도 마찬가지다. 원하는 것을 이루기 위해서는

몇 번이고 다시 시도해서 삶의 아름다움을 완성해야 한다.

그저 느껴라,
느낌에 집착하지 마라

내면에서 느낌이 올라오면

그저 느껴라.

느낌들이 내면에서 경험되도록 허용하라.

느낌들은 당신을 스쳐 지나갈 것이다.

느낌들이 당신 속으로 들어가지 않을 것이다.

느낌들은 당신의 일부가 되지 않을 것이다.

하지만 느낌들을 어떤 식으로든

긍정하거나 부정하면,

당신은 그것들을 자신의 것으로 만들게 된다.

느낌들을 긍정하면 느낌에 집착하게 될 것이다.

느낌을 부정하면 느낌들을

내면에 억누르게 될 것이다.

어떤 경우든 당신은 개인적이지 않은 느낌들을
개인의 느낌으로 만들어버린다.
개인적이지 않은 것을 개인의 것으로 만들어버린다.
당신은 해서는 안 되는 일이다.

★레너드 제이콥슨

'인생은 느끼는 것이다'라는 말이 있다.
우리는 그것을 통해 더욱 많은 다양한 삶을 경험할 것이다.
아름다운 경치를 볼 때, 심장으로 사랑이 전해올 때,
보상의 기쁨을 맛볼 때. 이런 모든 느낌을 자신이 느끼도록
허용할 때, 우리의 몸과 마음은 생명력으로 가득해진다.
다만 기쁨이나 행복 같은 긍정적인 느낌이든지,
슬픔이나 아픔 같은 부정적인 느낌에 집착하지 말고,
당신 안에 가두려 하지 마라. 자연스럽게 느낌을 흐르게 두고
책임감 있는 모습으로 표현하는 것이 중요하다.

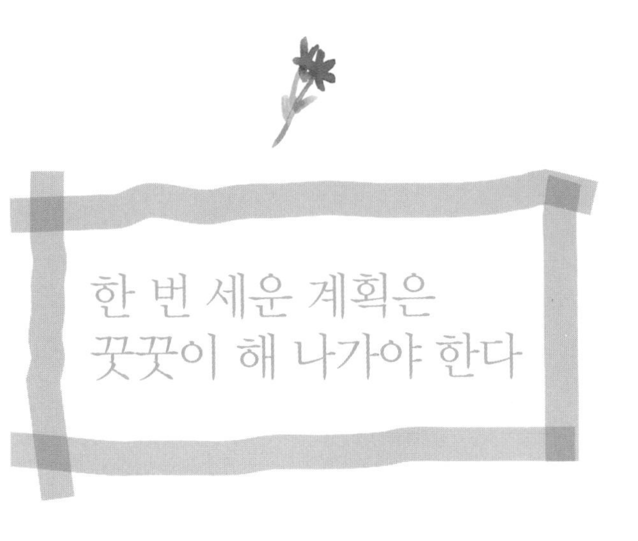

한 번 세운 계획은 끗끗이 해 나가야 한다

시작이 나쁘면

결과도 나쁘다.

중도에서 좌절되는 일은 대부분

시작이 올바르지 못했기 때문이다.

시작이 좋아도

중도에서 마음을 늦추면 안 된다.

충분히 생각하고 계획을 세우되

일단,

계획을 세웠으면 꿋꿋이 해 나가야 한다.

★레오나르도 다빈치

세상 모든 일은 원인 없는 결과 없고
과정 없이 결론에 이르지 않는다.
시작이 좋다고 해서 결과 역시 좋을 것이라고
말할 수 있는 것은 아니며,
시작이 나쁘다고 해서 결과 역시 나쁠 것이라고 말할 수 없다.
과정에 노력을 어떻게, 얼마나 하느냐에 따라
그 끝은 전혀 다를 수 있다.
좋은 결과는 시작과 중간이 생략되지 않고 그대로 연속된다.

말없이 사랑하는 법을 배워라

: 사랑의 기도

말없이 사랑하여라.

내가 한 것처럼

아무 말 말고

자주 겉으로 드러나지 않게

조용히 사랑하여라.

사랑이 깊고 참된 것이 되도록

말없이 사랑하여라.

아무도 모르게 숨어서 봉사하고

눈에 드러나지 않게

좋은 일을 하여라.

그리고 침묵하는 법을 배워라.

말없이 사랑하여라.

꾸지람을 듣더라도 변명하지 말고
마음 상하는 이야기에도
말대꾸하지 말고
말없이 사랑하는 법을 배워라.

네 마음을
사랑이 다스리는
왕국이 되게 하여라.
그 왕국을
타인 향한 마음으로
자상한 마음으로 가득 채우고
말없이 사랑하는 법을 배워라.

사람들이 너를 가까이 않고
오히려 멀리 떼어버려
홀로 따돌림을 받을 때
말없이 사랑하여라.

도움을 주고 싶어도

받아들이려 하지 않는 사람들을 위해

기도하여라.

오해를 받을 때도

말없이 사랑하여라.

네 사랑이 무시당한다 하더라도

끝까지 참으면서…….

슬플 때

말없이 사랑하는 법을 배워라.

주위에 기쁨을 나누어주고

사람들이 행복을 느끼도록 마음을 써라.

타인의 말이나 태도로 인해 초조해지거든

말없이 사랑하여라.

마음 저 밑바닥에 스며드는 괴로움을

인내하여라.

네 침묵 속에

원한이나

은혜롭지 못한 마음, 어떤 비난이

끼어들지 못하도록 하여라.

언제나 타인을 존중하고

소중히 여기도록 마음을 써라.

★J. 갈로

사랑하는 사람을 위해 말없이 행동으로 보이는 사랑,
이런 사랑은 사람들을 감동하게 한다.
표현하는 사랑만큼이나, 조용히 눈짓으로 보내는 사랑엔
그 사람의 소중한 마음이 담겨 있기 때문이다.
말만 앞세우는 사랑 말고 언제나 한결같은 마음으로
내 곁에 있는 모든 것을 온 마음을 다해 사랑하자.

사랑은 보이지 않는 나를 발견하는 것이다
: 사랑은

사랑은

누군가를 향해

나를 버림으로써

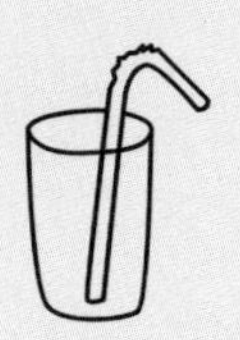

보이지 않던

나를 발견하는 것이다.

★D. 리다

사랑은,

그 사람이 나로 인해 행복해졌으면 하는 것

내가 그 사람 곁에 있고 싶은 것

내 걸음을 당신에게 맞춰가는 것

………

사랑은 줌으로써 받는 것이다.

사랑을 주다 보면 그 안에서 웃고 울고 있는

참다운 나를 발견하기 때문이다.

사랑하라. 아낌없이 사랑을 주어도 부족한 게 사랑이다.

진정한 행복을
느끼며 살고 싶다면

행복이란 관점에서 보면

인생이란,

그 자체는 몹시 불안정하다.

끝없이 솟아오르는

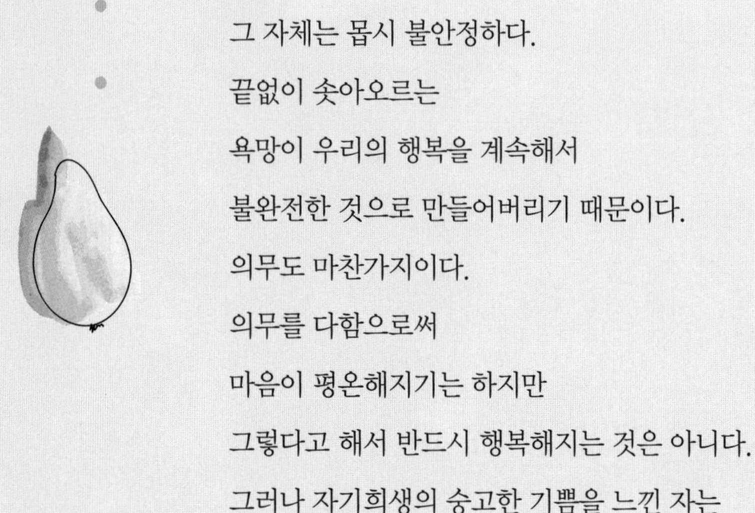

욕망이 우리의 행복을 계속해서

불완전한 것으로 만들어버리기 때문이다.

의무도 마찬가지이다.

의무를 다함으로써

마음이 평온해지기는 하지만

그렇다고 해서 반드시 행복해지는 것은 아니다.

그러나 자기희생의 숭고한 기쁨을 느낀 자는

진정한 행복이

무엇인지 확실히 알 게 될 것이다.

★아미엘

진정한 행복은 나와 내 주위가 함께 행복할 수 있는 것이다.
그런데 이웃과 주위의 사람들이 행복할 수 있으려면
어떤 경우에든지 반드시 내가 일정 부분 양보하고 희생하고,
고통과 어려움을 감내해야 할 것이 있게 마련이다.
감당하기 어려운 것일 수 있지만,
그렇게 할 때 서로 사랑을 나누고 참다운 행복을 느낄 수 있다.
누군가를 위해 자신을 희생하는 삶은 숭고한 삶을 사는 것이다.

두 가지의 정신적인 행복이란

정신적인 행복은 두 가지로 나뉜다.

하나는

만족을 느끼며 평화롭게 사는 것이고,

다른 하나는

즐겁고 유쾌하게 사는 것이다.

첫 번째 행복에서 일어나는 모든 일에

인간은 쉽게 동요하지 않고

물질적 풍요로움의 부질없음을 분명하게 느낀다.

또한 두 번째 행복은

자연스러운 아이다움으로 돌아가

자연에서 느끼는 선물과도 같은 것이다.

★임마누엘 칸트

인간은 누구나 행복을 갈망한다.
행복은 우리가 찾아 헤매는 밖의 것이 아니라
유지하고 키워나가야 하는 우리 안의 마음이다.
자신의 내면에서 평안함이 우러나오지 않으면
결코 행복은 다가오지 않는다.
그런데 대개 사람들은 행복의 조건을 돈이나 명예처럼
외부에서 얻는 데 혈안이 된다.
그럴수록 돈의 노예나 명예에 갈증만 더해질 뿐이다.
자신의 내면으로부터 행복이 넘쳐흐르면
더불어 많은 사람까지도 행복해 질 수 있다.

참된 진리란
인내와 시간이 밝혀준다

세 사람이

한자리에 모이면

그 의견이 각각 다르다.

당신의 의견이 비록 옳다 하더라도

무리하게

남을 설득시키려고 하는 것은

현명한 일이 아니다.

진리는

말로 증명할 수 있는 것이 아니라

인내와 시간이 절로 밝혀주는 것이다.

★스피노자

참된 진리는 그냥 오지 않는다.

그리고 단숨에 오지 않는다.

그 어떤 시련과 역경이 따르더라도

인내하고 견디어 내야 한다.

그렇게 시간이 흐르다 보면

참다운 인생의 진리를 발견하게 된다.

참고 견디는 것, 이것은 진리를 탐구하는 데 있어

반드시 갖춰야 할 필수 요소이다.

인생의 고난을 돌파하는 비결

능숙한 선장은

폭풍을 만났을 때

폭풍에 대항하지 않으며

절대 절망하지도 않는다.

언제나 이길 수 있다는 신념을 갖고

최후의 순간까지

온 힘을 다해 살길을 찾는다.

여기에 인생의 고난을

돌파하는 비결이 있는 것이다.

★제임스 램지 맥도널드

폭풍우가 몰아쳐도 바다를 항해할 수 있는 것은
경험이 많은 능숙한 선장이 있기 때문이다.
아무리 좋은 배도 선장이 능숙하지 못하면 좌초하게 된다.
능숙한 선장은 다양한 경험을 통해
그 어떤 상황에서도 벗어날 수 있다.
경험과 지혜는 캄캄한 인생의 바다를 환히 밝히는 등불이다.

좋아한다는 것과 사랑한다는 것

좋아하는 것이

사랑한다는 것은 아니다.

우리는 흔히

좋아해 놓고 사랑한다고 말한다.

하지만 절대

좋아하는 것이 사랑일 순 없다.

사랑한다는 말은

진실을 위해 아껴야 한다.

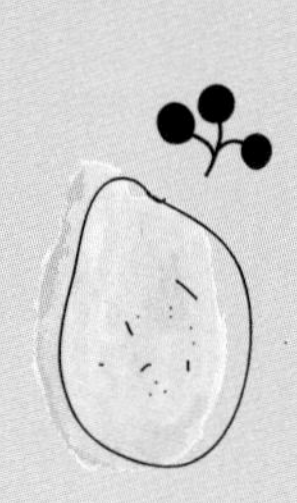

★생텍쥐페리

주관적으로 사랑하는 것과 좋아하는 것을 구분하기는 힘들지만,

사랑하는 관계가 되면서 생기는 변화로 구분을 해보자.

좋아하는 것은, 내가 선호하는 기준에 부합된 정도이다.

말 그대로 기대하게 되는 어떤 것을 발견했을 때

가지는 좋은 감정상태이다.

반면 사랑한다는 것은, 좋아하는 감정의 단계에 그치지 않고

대상으로 인해 기꺼이 자신을 변화시키는 것이다.

이해하고 포용하려는 자기변화와 이성적으로 이해가 되지 않지만,

감정적으로 좋아하게 되는 이끌림이 '사랑'이다.

좋아하는 것은 자신을 채우는 일이지만,

사랑한다는 것은 자신을 변화시키는 것이다.

사랑하는 자녀를 위한 아버지의 기도

주여, 내 아이가 이런 사람이 되게 하소서.
약할 때 자신을 분별할 수 있는 힘과
두려워질 때 자신감을 잃지 않는 대담함을 가지고
정직한 패배에 당당하고 부끄러워하지 아니하며,
승리에 겸손하고 온유한 사람이 되게 하소서.

노력 없는 대가를 바라지 않게 하시고
주님을 섬기며 아는 것이 지혜의 근본임을 깨닫게 하소서

바라 건데, 그를 요행과 안락의 길로 인도하지 마시고,
자극받아 분발하게 고난과 도전의 길로 이끌어주소서.
폭풍우 속에서도 용감히 싸울 줄 알고
패자를 불쌍히 여길 줄 알도록 도와주소서.

내 아이가 이런 사람이 되게 하소서.
마음이 깨끗하고 높은 이상을 품은 사람,

남을 다스리기 전에 자신을 다스리는 사람,
미래를 향해 전진하면서도
과거를 절대 잊지 않는 사람이 되게 하소서.

이에 더하여 유머를 알게 하시어
인생을 엄숙히 살아가면서도,
삶을 즐길 줄 아는 마음과
자기 자신을 너무 드러내지 않고
겸손한 마음을 갖게 하소서.

또한, 참으로 위대한 것은 소박함에 있음과
참된 힘은 너그러움에 있다는 것을
항상 명심하도록 하게 하소서.
그리하여 그의 아버지인 저도
헛된 인생을 살지 않았노라고
나직이 고백할 수 있도록 하소서.

★더글러스 맥아더

자녀를 위한 아버지의 사랑이 잘 담긴 기도이다.
부모가 자식들에게 꼭 물려줄 것은 집도 아니고 돈도 아니다.
그러나 반드시 물려줘야 할 유산이 있다.
그것은 자식을 진심으로 생각하는 부모의 사랑이다.
평상시엔 모르고 지내다가도 자식들의 인생에 악천후를 만나
곤경에 처했을 때 한 줄기 빛처럼 나타나 갈 길을 보여주는
위대한 힘을 발휘할 수 있는 것이 부모의 참사랑이다.

세상에서
가장 강한 사람

남이 하는 일을

잘 알고 있는 사람은 똑똑한 사람이다.

자기 자신을 잘 알고 있는 사람은

그 이상으로 총명한 사람이다.

그리고 남을

설복시킬 수 있는 사람은 강한 사람이다.

그러나 자기 자신을 이기는 사람은

그 이상으로 강한 사람이다.

★노자

자신을 이기는 사람이 세상에서 가장 강한 사람이다.

혼자 수천의 적병과 싸워 이긴 삼손, 골리앗 장군을 쓰러뜨린

소년 다윗, 예수의 제자 유다. 그러나 삼손과 다윗은

여자들의 유혹에 넘어가고 유다는 돈 때문에 선생을 팔기까지 했다.

이 세 사람의 실패한 원인은 한마디로

자기와의 싸움에서 졌기 때문이다.

자기의 부정과 싸워 이기는 사람이야말로 승자요, 용기요, 자랑이다.

오늘 우리가 자랑할 것은 명예나 권력, 지위나 학벌,

권세나 재물이 아니라 자신을 이기는 강한 마음이다.

불행으로부터 벗어나는 지혜

독서의 습관을

몸에 지닌다는 것은

인생에 있어서

거의 모든 불행으로부터

당신을 지켜주는

피난처를

마련한다는 것을 잊지 마라.

★S. 모음

독서는 마음의 양식이다. 독서는 삶을 밝히는 등불이다.

독서는 가장 마음을 풍족하게 하는 생활양식이다.

사람들은 누구나 늘 즐겁고 행복한 나날을 희망한다.

그러나 예기치 못한 상황에 난감해 하며 허둥대고

좌절과 절망에 빠지곤 한다.

이를 예측하거나 미리 예방하는 지혜와 행동은

끊임없는 독서를 통하여 가능하다.

인생을 살아가면서 불행에서 벗어나

행복하게 살고 싶다면 독서를 하라.

독서는 지혜의 보고이자 성공에 이르는 길라잡이다.

인생을 방해하는 걱정과 근심

우리는

마음으로만이 아니라

심장과 폐와 내장으로도 걱정을 한다.

그러므로 걱정과 근심은

원인이 무엇이든 간에

그 영향은 세포와 조직과 신체의

각 기관에 나타나는 것이다.

건강하게 살고 싶다면

걱정과 근심을 줄여야 한다.

★조지 W. 크라일

누구든 걱정과 근심함으로써 문제를 해결할 수는 없다.
걱정은 걱정을 부르고 근심은 근심을 부를 뿐이다.
인생이란 실수하고 그 실수를 만회하기 위한 삶의 연속이다.
실수함에 피나는 노력을 해야 하고, 노력하는 과정에서
많은 것을 스스로 배울 것이다.
인생의 참맛이란 근심, 걱정을 줄여나가고
해결하는 과정에 있는 것이다.
마음을 열고 주위를 돌아보면 아직은 우리가 기뻐해야 할 일들과
우리를 기쁘게 하는 일도 많다. 자신의 일에 충실하면서
기쁨을 찾는 것도 인생을 행복하게 사는 지혜일 것이다.

최후의 승리는 충실한 노력이다

최후의 승리는

출발점의 비약이 아니다.

결승점에

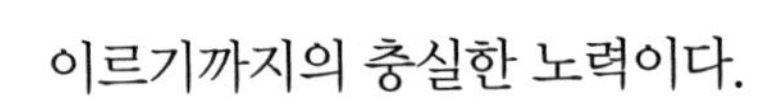

이르기까지의 충실한 노력이다.

★존 워너 메이커

조개가 진주를 만드는 데는 5~10년이란 세월이 걸린다.
진주는 진주조개가 외부로부터 이물질의 자극을 받을 때
조개 체내에 생기는 분비 물질로 만들어진다.
진주 한 알을 만들기 위해서 조개가 이물질과 싸우며
10년이라는 고통의 시간을 감내하듯이 우리도 고통과
고난 뒤에 올 삶의 기쁨과 보람을 기다리며 인내해야 한다.
조급함에서 벗어난다는 것은 시간을 받아들인다는 것이며,
시간을 받아들인다는 뜻은 기다릴 줄도 알고,
견딜 줄도 안다는 뜻이다. 성공한 이들의 공통점 중에 하나가
끝까지 해내는 힘이 강하다는 것이다.
충실한 노력을 다하는 자가 최후의 승리자이다.

원고를 기다립니다

한순간 일지라도 진정했던 삶의 모습과
영원까지 퇴색하지 않을 세상의 지혜를
글로 담은 그대와 또 하나의 생의 흔적을 남기고자 합니다.
책은 나무를 베어 만든 종이로 만듭니다.
나무의 생명과 맞바꿀 만한 가치가 있는
소중한 여러분의 원고를 기다립니다.
소중한 원고 정성을 다해 좋은 책으로 만들겠습니다.

원고를 보내시는 방법

이메일 접수 : 2010sr@naver.com

우편 접수 : 서울시 동대문구 답십리 2동 한신아파트 2동 106호

대표전화 070-4086-4283, 010-8603-4283

팩스 02-989-3897

*보내주신 원고는 반송되지 않으니 반드시 복사본을 보내 주세요